Dit boek is onderdeel van de **TREDITION CLASSICS** serie. De makers van deze serie zijn verbonden door hun passie voor literatuur en gedreven met de bedoeling om alle publieke domein boeken weer gedrukte vorm beschikbaar te maken - wereldwijd.

De meeste geprinte **TREDITION CLASSICS** titels zijn al decennia verdwenen uit de boekenkasten. Bij tredition geloven wij dat een goed boek nooit uit de mode is en dat zijn waarde voor eeuwig is. Deze boeken serie helpt bij het behouden van de literatuur schatten. Het draagt bij in het behouden van prachtige wereldliteratuur werken.

Johannes Gutenberg, de uitvinder van Movable Type afdrukken (1400 – 1468) is het symbolische figuur van deze serie die enkele tienduizenden titels bevat.

Alle titels van deze serie **TREDITION CLASSICS** zijn beschikbaar als paperback en hardcover. Voor meer informatie over deze unieke serie en over tredition willen we u verwijzen naar: www.tredition.com

tredition is opgericht in 2006 door Sandra Latusseck & Soenke Schulz. Met kantoor in Hamburg Duitsland, tredition bied auteurs, uitgeverijen oplossing voor publiceren gecombineerd met een wereld wijde distributie voor zowel het gedrukte boek als het digitale boek. tredition heeft de unieke positie om auteurs en uitgeverijen boeken te laten creëren op hun eigen voorwaarden en zonder de conventionele productie risico's.

De Vrouw Haar bouw en haar inwendige organen

Aletta H. (Aletta Henriette) Jacobs

Impressum

Dit boek maakt deel uit van TREDITION CLASSICS.

Auteur: Aletta H. (Aletta Henriette) Jacobs
Cover design: toepferschumann, Berlijn (Duitsland)

Uitgever: tredition GmbH, Hamburg (Duitsland)
ISBN: 978-3-8495-3891-0

www.tredition.com
www.tredition.de

Copyright:
De inhoud van dit boek is afkomstig van het publieke domein.

De bedoeling van de TREDITION CLASSICS serie is om de wereldliteratuur beschikbaar te maken in gedrukte vorm via het publieke domein. Lieteraire liethebbers en organisaties hebbe wereldwijd gescanned en digitaal de oorspronkelijke teksten bewerkt. tredition heeft vervolgens de inhoud geformatteerd en de inhoud opnieuw ontworpen in een moderne te lezen layout. Daarom kunnen wij niet garanderen dat de exacte reproductie van het originele formaat van een bepaalde historisch editie. Houd er dan ook rekening meet dat er geen wijzingen zijn aangebracht in de spelling, dus deze kan afwijken van de huidige spelling die vandaag te dag word gebruikt.

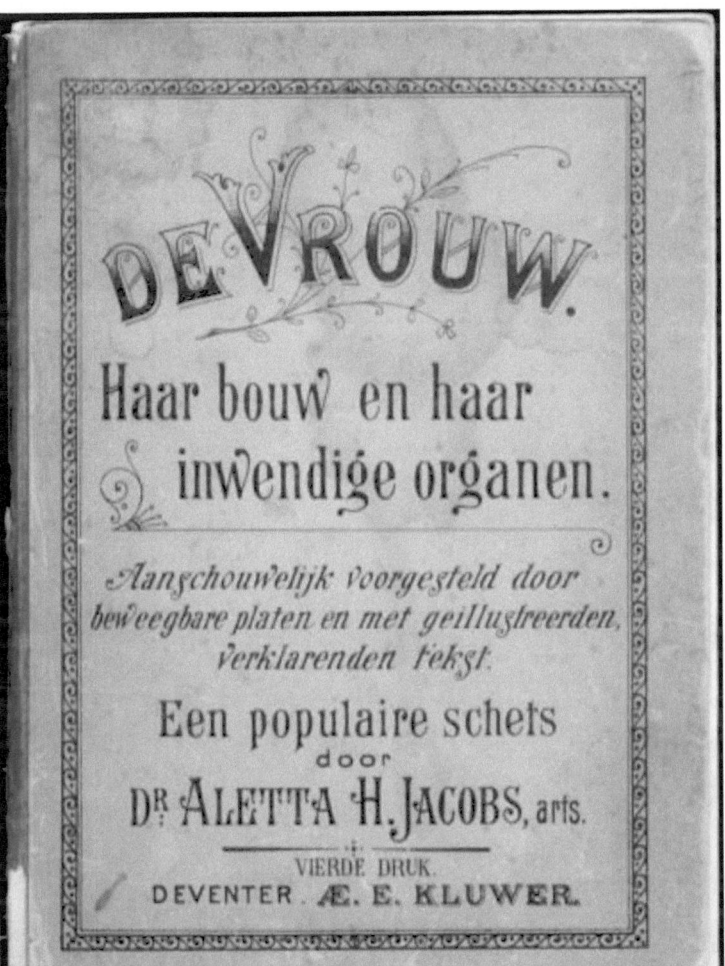

De Vrouw

Haar bouw en haar inwendige organen.

Aanschouwelijk voorgesteld door beweegbare platen en met geillustreerden, verklarenden tekst.
Een populaire schets

Door

Dr. Aletta H. Jacobs, arts.

Vierde druk.

Deventer. Æ. E. Kluwer.

STOOMDRUKKERIJ—»DAVO«—DEVENTER.[4]

Voorwoord.

De schromelijke onbekendheid van velen, zelfs van ontwikkelden, met het kunstig samenstel van hun eigen lichaam heeft mij meermalen getroffen.

Vooral van vrouwen was ik dikwerf getuige van de gebrekkige kennis van het lichaam in het algemeen en van den bouw, de ligging en de verrichting harer geslachtsorganen in het bijzonder.

Doch ook niet zelden vernam ik de begeerte naar lektuur om zich die kennis eigen te maken. Vakboeken, die het onderwerp gewoonlijk zeer uitvoerig behandelen, konden daarvoor moeilijk in aanmerking komen. Beknoptheid toch is voor dergelijke lektuur voor leeken een eerste vereischte. Daarom vond ik in het verzoek van den uitgever, bij de hierachter gevoegde beweegbare platen den tekst te leveren, gereede aanleiding, om te trachten een beschrijving te geven, die aan dit vereischte voldoet.

In aanmerking genomen de rijke stof, die hier ter bewerking werd geboden, is de beschrijving ongetwijfeld beknopt. Mocht daaronder evenwel de volledigheid of bevattelijkheid hier en daar geleden hebben, dat de welwillende beoordeelaar dan rekening houde met den steeds tijdens de bewerking gekoesterden wensch, om het onderwerp in zoo klein mogelijk bestek te behandelen.

Bij de afbeeldingen in den tekst vermeldde ik de bron, waaraan zij werden ontleend. Voor de indeeling der stof volgde ik in hoofdzaak en ook hier en daar voor den inhoud het pas verschenen Duitsche werkje van Dr. G. Panzer: »Die Frau. Anschauliche Darstellung des weiblichen Körpers.«

Amsterdam 1899. A. H. J.

Bij den tweeden druk.

Met erkentelijkheid gewaag ik van de welwillende beoordeeling, die mijn arbeid mocht ten deel vallen. De geleverde kritiek was niet van dien aard, dat zij tot wijzigingen van eenig belang aanleiding gaf. Trouwens, nog slechts weinige maanden verliepen, sedert de eerste druk verscheen, zoodat het zeer wel mogelijk is, dat meer en ernstiger kritiek nog volgt. In welken geest deze echter ook moge uitvallen, dit kan met voldoening geconstateerd worden, dat uit den thans reeds noodig geworden tweeden druk blijkt, hoezeer het werkje voorziet in de sedert lang gevoelde behoefte aan een beknopte, populaire beschrijving van het lichaam in het algemeen en van den bouw, de ligging en de verrichting der vrouwelijke geslachtsorganen in het bijzonder.

Amsterdam 1899. A. H. J. [5]

Bij den derden druk.

Spoediger dan ik had durven verwachten, verraste de uitgever mij met de tijding, dat reeds een derde druk van mijn arbeid noodig is. De wensch van den uitgever om den prijs van het werkje aanmerkelijk te verlagen, ten einde een grooter kring van lezers te krijgen, werd door mij ernstig overwogen. Want ook mij kan het niet anders dan aangenaam zijn, dat het doel, waarmede de arbeid werd ondernomen, welk doel in het voorwoord van den eersten druk is kenbaar gemaakt, zoo volledig mogelijk worde bereikt.

Het bleek echter, dat voor een goedkoope uitgave de beweegbare platen, aan het eind van het boekje geplaatst, moesten worden opgeofferd. En dit achtte ik, in verband met de zeer beknopte behandeling van de stof en de menigvuldige verwijzingen naar die platen, ten eenenmale ongewenscht.

De derde druk gaat derhalve de wereld in als de beide eerste, slechts werd hier en daar, ter verduidelijking van den tekst, een kleine verandering gebracht in de redactie.

Den wensch, dat het onthaal van deze oplaag voor de vroegere niet zal behoeven onder te doen, kan ik niet nalaten hier te uiten.

Amsterdam, 1900. A. H. J.

Bij den vierden druk.

Toen ik mij neerzette, om bij de hierachter gevoegde beweegbare platen van het vrouwelijk lichaam den tekst te leveren, kon ik weinig vermoeden te voorzien in een blijkbaar zoo groote behoefte.

Dat dit boek in betrekkelijk weinig jaren reeds een vierden druk beleeft, bewijst, dat de hedendaagsche vrouwen en meisjes niet langer in onwetendheid willen verkeeren omtrent den bouw van haar lichaam en de ligging en verrichting harer geslachtsorganen.

De betrekkelijk hooge prijs, voornamelijk een gevolg van de groote kosten der beweegbare platen, waren oorzaak, dat het niet kon komen in handen dier vrouwen, bij wie groote financieele draagkracht ontbreekt. Het was mij daarom een zeer welkome tijding, dat de uitgever er in is geslaagd, den vierden druk voor een merkbaar lageren prijs te kunnen aanbieden en daardoor den vrouwen, voor wie het boek eigenlijk in de eerste plaats werd samengesteld, de gelegenheid te openen het te kunnen koopen.

Moge het blijken, dat de nieuwe lezerskring, die het thans kan bereiken, er even groote belangstelling voor koestert.

Amsterdam, 1910. A. H. J.

Inleiding.

De mensch is samengesteld uit verschillende organen, waarvan de geslachtsorganen dienen tot instandhouding van de soort, al de overige tot behoud van het individu.

Terwijl bij het mannelijk en vrouwelijk individu de geslachtsorganen verschillend zijn, valt voor de overige organen geen wezenlijk onderscheid waar te nemen, noch wat samenstelling, noch wat verrichting betreft.

Hun vorm evenwel verschilt dikwijls. Deze vormverschillen, ieder afzonderlijk gering, zijn te zamen genomen zoo groot, dat wij dadelijk het onderscheid tusschen man en vrouw opmerken.

Zoo is in het algemeen genomen de vrouw niet zoo groot en zwaar gebouwd als de man. Bij haar meer vetafzetting in het onderhuidsch celweefsel, waardoor haar spieren en de uitsteeksels der beenderen nauwelijks zichtbaar zijn; bij hem daarentegen de spieren gemakkelijker waarneembaar en de beenige uitsteeksels duidelijker in het oog vallend.

Borst, buik en billen zijn bij de vrouw eenigszins boogvormig; bij den man min of meer rechtlijnig.

De schouderbreedte is bij vrouwen kleiner dan de heupbreedte, bij de mannen is juist het omgekeerde het geval; hiermee staat in verband, dat bij de vrouwen ook de borst smaller is dan de buik en het tegenovergestelde weer bij de mannen valt waar te nemen.

De lichaamslengte in haar geheel genomen leert ons, dat bij vrouwen relatief het hoofd langer, de hals korter, de romp langer en de armen en beenen korter zijn dan bij mannen. Vooral de betrekkelijk lange romp en korte beenen van de vrouw zijn opvallend. Haar dijen zijn aanmerkelijk korter en breeder dan van den man en iets binnenwaarts geplaatst, doordien de dijbeenderen onder een eenigszins anderen hoek in het heupgewricht staan.

Tot den leeftijd van 9 à 10 jaren zijn de jongens in den regel grooter dan de meisjes; daarna tot aan de puberteitsjaren, den geslachtsrijpen leeftijd, zijn meisjes grooter en zwaarder dan jongens van denzelfden leeftijd. Na dien tijd gaan de jongens weder sterker groeien en overtreffen spoedig de meisjes in lengte en gewicht. Jongens blijven, hoewel langzaam, tot hun 23e jaar groeien, terwijl meisjes reeds op 20-jarigen leeftijd den vollen wasdom bereikt hebben.

Na deze algemeene beschouwing zal in de volgende hoofdstukken worden uiteengezet, in hoever de verschillende organen van het lichaam tot de vorming van het vrouwelijke type bijdragen.

Eerste afdeeling.

De Huid.

De huid (cutis), waarmede het geheele menschelijke lichaam is overtrokken, is bij de vrouw zachter en fijner dan bij den man. Zij bestaat uit drie opvolgende lagen: opperhuid (epidermis), lederhuid (corium of derma) en onderhuidsch celweefsel. Bij het Kaukasische menschenras (waartoe wij behooren) is de huid geel-wit van kleur; in de okselholte, aan borsttepel en tepelkring, alsmede aan de uitwendige geslachtsdeelen neemt zij een donkerder tint aan.

De huid bevat haren, smeer- en zweetklieren. De in de huid wortelende haren zijn bij den man op meer plaatsen aanwezig dan bij de vrouw. Bij de vrouw komen zij voor op het behaarde gedeelte van het hoofd, hier zelfs in rijke hoeveelheid, vervolgens in de okselholte en op de schaamdeelen; bij vele vrouwen ontwikkelen zich op 45- à 50 jarigen, den zoogen. climacterischen leeftijd, ook op de lip en de kin dikke, sterke haren, die bij sommigen harer een werkelijken baard vormen.

De smeerklieren geven een vettige substantie af, welke langs het haar naar buiten treedt. Zij zijn evenals de haren en de zweetklieren in de twee bovenste lagen van de huid gelegen.

In de derde laag, het onderhuidsch celweefsel, pleegt zich vet op te hoopen; bij de vrouw is dit in zoo aanzienlijke mate het geval, dat de vormen hierdoor een voor haar karakteristieke volheid en ronding verkrijgen.

De huid heeft verschillende bestemmingen te vervullen. Zij is zintuig voor het gevoel, orgaan van afscheiding (zweet en huidsmeer) en helpt mede de inwendige lichaamstemperatuur op bepaalde hoogte te houden.

Het Geraamte.

De grootte van het lichaam en de lichaamsgestalte worden in hoofdzaak bepaald door de beenderen, die onderling verbonden het geraamte (sceleton) vormen. Zij worden verdeeld in lange of pijpbeenderen, breede of platte beenderen en korte beenderen. Sommige beenderen, zooals de schedelbeenderen, kunnen zich ten opzichte van elkander niet bewegen; andere, zooals die der ledematen, wèl. De beweging komt tot stand in de gewrichten. Deze worden gevormd, doordien twee tegen elkander passende en beweeglijke beenuiteinden door een gemeenschappelijk kapsel worden omgeven en aldus los aan elkander zijn verbonden. Over de gewrichtskapsels heen liggen banden (ligamenta), die de verbinding versterken.

Het geraamte wordt ingedeeld in schedel, romp en ledematen.

De SCHEDEL is samengesteld uit 22 beenderen, die grootendeels behooren tot de breede, platte beenderen; 8 er van dienen tot vorming van de hersenpan (cranium), de 14 overige zijn de aangezichtsbeenderen (ossa faciei). Met uitzondering van het onderkaaksbeen, zijn al de beenderen van het hoofd vast en onbeweeglijk met elkaar verbonden.

Er is slechts een zeer gering onderscheid in de schedels van mannen en vrouwen. Alleen bij nauwkeurige vergelijking ziet men de ontleedkundige [8]verschillen aan sommige onderdeelen van de beenderen. Het voornaamste en meest in het oog vallend verschil is, dat de schedel van de vrouw lager en vlakker is dan die van den man en dat dientengevolge de bovenste rand van het voorhoofd met de vlakte van de hersenpan bij de vrouw een afgeronden hoek vormt, daarentegen bij den man deze overgang eenigszins schuin naar boven loopt. De schedelbeenderen zijn bij mannen dikker dan bij vrouwen.

De ROMP bestaat uit de wervelkolom (columna vertebralis), het borstbeen (sternum) en de ribben (costae). Hoewel het uit een ontleedkundig oogpunt niet juist is, rekent men toch gewoonlijk bij den romp ook het bekken. Dit bestaat uit drie deelen, de heupbeenderen, het heiligbeen en het stuitbeen.

De heupbeenderen nu moest men eigenlijk bij de ledematen rangschikken, evenals dit geschiedt met sleutelbeen en schouderblad. Het heiligbeen en het stuitbeen echter maken deel uit van de wervelkolom en zijn te beschouwen als onderling vergroeide wervels. Overigens bestaat de wervelkolom uit wervels, die hoewel stevig aan elkaar verbonden, toch ten opzichte van elkander beweeglijk zijn.

Men onderscheidt 7 hals-, 12 borst- en 5 lenden*wervels*.

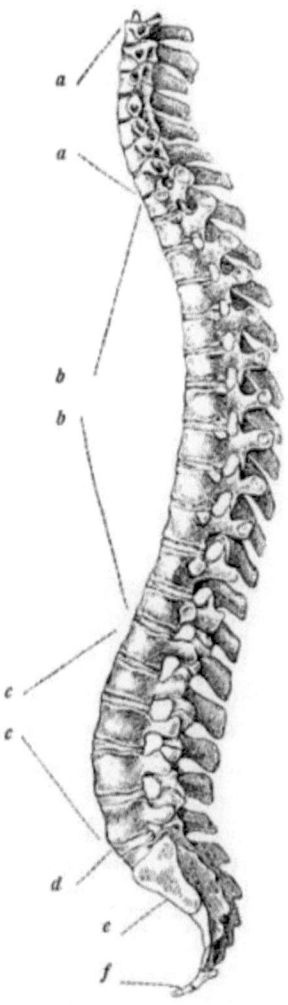

Fig. 1. *Wervelkolom*. (HEITZMANN.)

aa. halswervels. *bb*. borstwervels. *cc*. lendenwervels. *d*. voorgebergte. *e*. heiligbeen. *f*. stuitbeen.

De wervelkolom is aan het halsgedeelte eenigszins naar voren, aan het borstgedeelte sterk naar achteren en aan het lendengedeelte weder sterk naar voren gebogen. De sterkste buiging naar voren valt samen met den ondersten rand van den ondersten lendenwervel en heet daar voorgebergte (promontorium). *Fig. 1 d.*

De vrouwelijke wervelkolom heeft in verhouding een langer lendengedeelte dan de mannelijke, de bocht naar voren begint iets hooger.

De *borstkas* (thorax) wordt gevormd door het borstbeen en de ribben. Het borstbeen (sternum), waaraan men de greep (manubrium), kling (corpus) en punt (processus xyphoideus) onderscheidt, is zijdelings met 7 ribben verbonden. *Fig. 2..*

Het vrouwelijk borstbeen heeft een breeder greep en een smaller, langer kling dan het mannelijke.

De borstkas telt *twaalf* paar *ribben*. De 7 met [9]het borstbeen vergroeide heeten ware ribben (costae verae), de 5 onderste paren, die het borstbeen niet meer bereiken, noemt men valsche ribben (costae spuriae).

Bij de vrouwen zijn de ribben niet zoo sterk gebogen als bij de mannen, terwijl bij haar de twee paar eerste ribben betrekkelijk langer zijn.

De vrouwelijke borstkas vertoont in haar geheel een ronderen vorm dan de mannelijke. Zij is korter, smaller, maar wijder.

Bij vrouwen, die nauwsluitende corsetten dragen, zich rijgen, zooals men het noemt, schuiven de valsche ribben over elkander en wordt de ruimte van de borstkas verkleind. Zoowel de borst als de buikorganen worden hierdoor van hun plaats gedrongen.

De beenderen van de bovenste en onderste LEDEMATEN bestaan uit verschillende afdeelingen. Aan de bovenste ledematen onderscheiden wij schouder, bovenarm, onderarm en hand. De schouder bestaat uit sleutelbeen (clavicula), *Plaat V No. 13*, en schouderblad, (scapula), *Plaat V No. 17*. Het sleutelbeen van de vrouw is naar verhouding langer dan dat van den man.

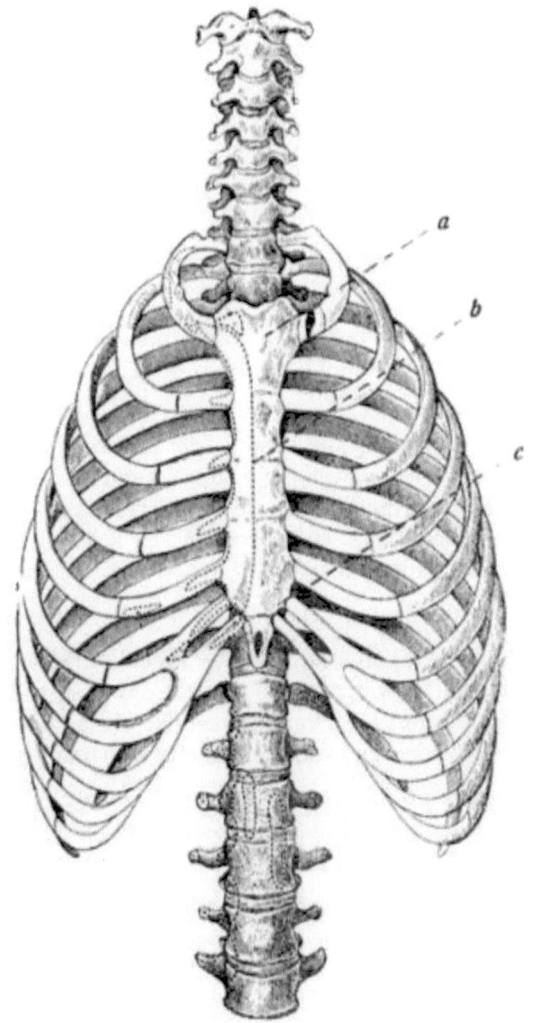

Fig. 2 *Borstkas en Wervelkolom* (HEITZMANN).

- *a*. greep van het borstbeen.
- *b*. middelstuk of kling van het borstbeen.
- *c*. punt van het borstbeen.

De bovenarm bezit slechts één been, het bovenarmbeen (os humeri), *Plaat V No. 18*, dat bij de vrouw korter is dan bij den man. De onderarm is samengesteld uit ellepijp (ulna) en armpijp (radius).

Aan de hand onderscheidt men den uit 8 kleine beenderen gevormden handwortel (carpus), de 5 middelhandsbeenderen (metacarpi) en de beenderen van de 5 vingers (phalanges digitorum manus). [10]

De handen van vrouwen zijn in den regel korter en smaller dan die van mannen.

De onderste ledematen bestaan, voor zoover wij het heupbeen buiten beschouwing laten, uit bovenbeen, onderbeen en voet.

Het bovenbeen bestaat alleen uit het dijbeen (os femoris), *Plaat V No 23*, dat bij vrouwen aanmerkelijk korter is dan bij mannen. Ook is de stand van het bovenbeen ten opzichte van den romp bij vrouwen anders. Bij de vrouw loopen de bovenbeenen van boven naar beneden min of meer naar elkaar toe, en zijn tegelijkertijd eenigszins buitenwaarts gedraaid.

Het onderbeen bestaat uit scheenbeen (tibia) en kuitbeen (fibula).

De beenderen van den voet worden, evenals die van de hand, verdeeld in beenderen van den voetwortel (ossa tarsi) van den middelvoet (ossa metatarsi) en van de teenen (phalanges digitorum pedis). Vrouwenvoeten zijn korter en breeder dan mannenvoeten.

Thans keeren wij terug tot het *bekken*, dat, zooals gezegd is, gevormd wordt door het heiligbeen, het stuitbeen en de beide heupbeenderen.

Aan het geraamte is het verschil in geslacht nergens zoo duidelijk merkbaar als aan het bekken. Het vormverschil van dit lichaamsdeel is van groote beteekenis voor de taak, die het gedurende de zwangerschap en bij de bevalling vervult.

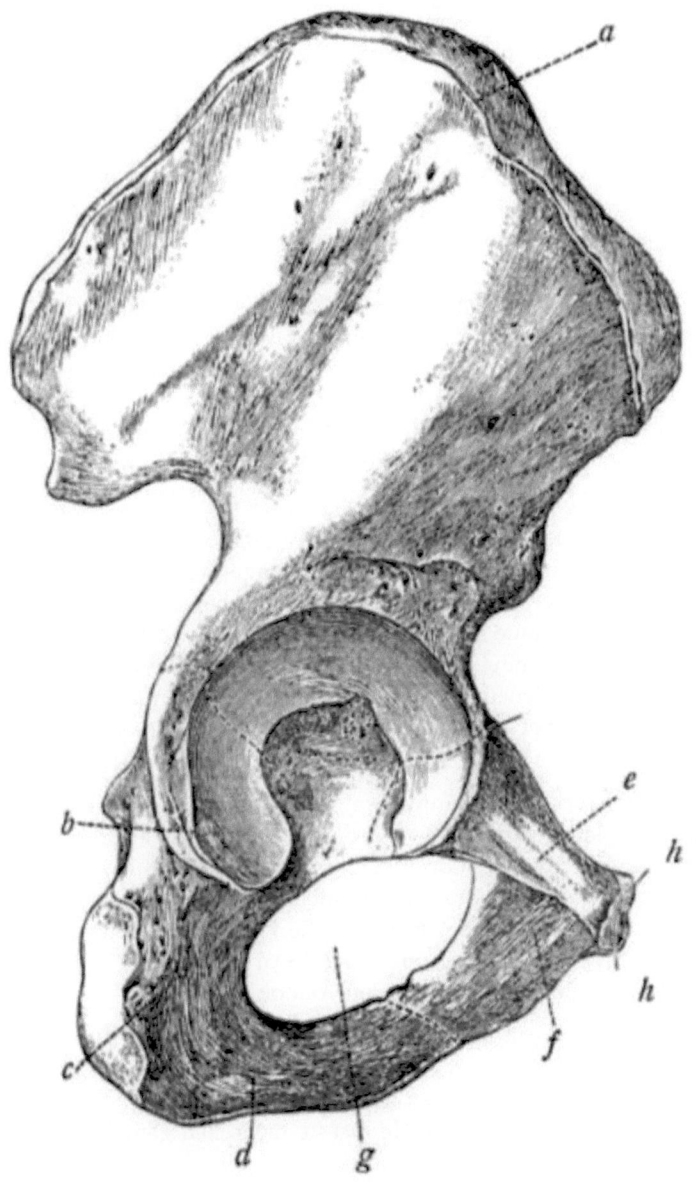

Fig. 3. *Rechter heupbeen*, van de buitenzijde gezien (HEITZMANN).

De fijne, dwarsgestreepte lijntjes over de heupkom getrokken geven de plaats aan waar de drie afzonderlijke beenderen van het heupbeen samenkomen en vergroeien. *a.* darmbeenskam. *b.* heupkom. *c.* neerdalende tak van het zitbeen. *d.* opklimmende tak van het zitbeen. *e.* horizontale tak van het schaambeen. *f.* neerdalende tak van het schaambeen. *g.* foramen obturatum (gesloten gat). *hh.* plaats, waar het heupbeen zich met het andere vereenigt en de schaambeensvereeniging ontstaat.

Het *heiligbeen* (os sacrum),*Fig. 4 d*, dat tusschen de beide heupbeenderen als 't ware ingeschoven en onbeweeglijk daarmede verbonden is, [11]bestaat uit 5, tot één geheel vergroeide, valsche wervels. De vergroeiing begint meestal in het 16e levensjaar en eindigt tegen het 30e jaar. De wervels zijn zoodanig aaneengegroeid, dat het heiligbeen van voren een holle en van achteren een bolle vlakte heeft.

Het heiligbeen van een vrouw is breeder, korter en minder gebogen dan dat van een man; ook is zijn lengteas meer naar achteren gericht. Van den vorm van het heiligbeen hangt grootendeels de grootte en gedaante van het bekken af, zoodat dit been het meest bijdraagt tot vorming van het geslachtstype. De zichtbare holten in het heiligbeen dienen tot doortocht van zenuwen en bloedvaten; het heiligbeen is met het stuitbeen (os coccygis), *Fig. 4 e*, beweeglijk verbonden.

Het *heupbeen* (os innominatum), *Fig. 3*, dat een pendant van het schouderblad genoemd kan worden, wordt gevormd door de beenige vergroeiing van drie afzonderlijke stukken, waarvan het grootste en bovenste stuk het darmbeen (os ileï), het onderste het zitbeen (os ischiï) en het zijdelingsche het schaambeen (os pubis) genoemd wordt. Eerst op ongeveer 16-jarigen leeftijd is de volkomen vergroeiing dezer drie deelen voltooid.

Het *darmbeen* ontleent zijn naam aan de taak, die het vervult om een deel van de darmen te dragen. Zijn bovenste rand is boogvormig gekromd en draagt den naam van darmbeenskam (crista ossis ileï), *Fig. 3 a*; die rand is bij de meeste menschen gemakkelijk door de buikbekleedselen heen te voelen.

Het *zitbeen* wordt verdeeld in drie deelen: het lichaam, den neerdalenden tak en den opklimmenden tak. Het lichaam vormt het onderste gedeelte van de heupkom. De nederdalende tak, Fig. 3 c, eindigt van onderen in een sterken knobbel, den zitbeensknobbel (tuberositas ossis ischiï), waarop bij het zitten de geheele lichaamslast rust.

Het *schaam*been wordt verdeeld in een horizontalen en een neerdalenden tak. De horizontale tak, Fig. 3 e, helpt nog mede aan de vorming van de heupkom, Fig. 3 b. Met een breede, ruwe vlakte, Fig 3. h h, grenst hij aan den gelijknamigen tak van de andere zijde en is daarmede verbonden. Deze verbinding heet schaambeensvereeniging (symphysis ossium pubis). Fig. 4 a.

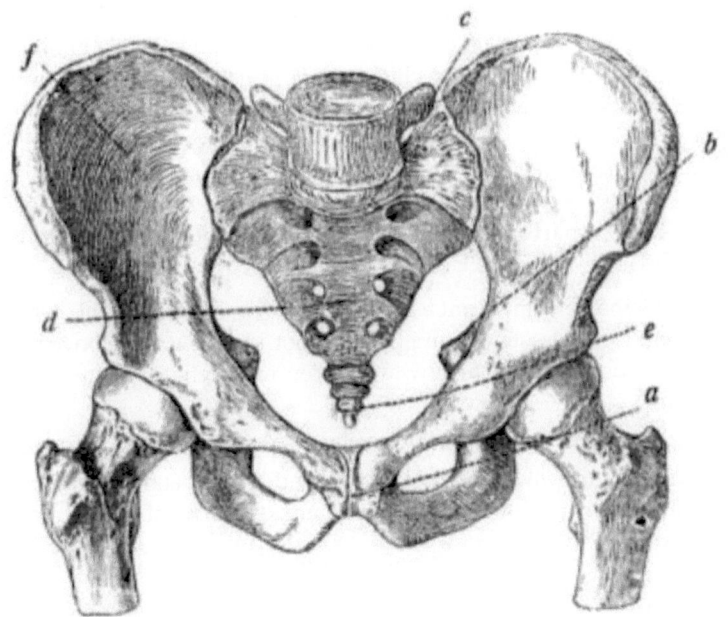

Fig. 4. *Mannelijk bekken*, van voren (HEITZMANN.)

a. schaambeensvereeniging. b. ingang van het kleine bekken. c. voorgebergte. d. heiligbeen. e. stuitbeen. f. darmbeen.

De heupkom van het heupbeen dient tot gewrichtsholte voor het hoofd van het dijbeen. Door middel van dit gewricht, het heupgewricht, steunt het geheele bovendeel van het lichaam in staande houding op de onderste ledematen.

Het heupbeen bezit een groote ovale opening (foramen obturatum), *Fig. 3 g*, die, op een kleine ruimte na, door een vlies gesloten wordt.

Het vrouwelijke heupbeen is van het mannelijke te onderkennen door een korter en smaller darmbeen en een korter zitbeen; daarentegen is de horizontale tak van het schaambeen langer. De zitbeenknobbels zijn bij vrouwen verder van elkander gelegen dan bij mannen.

Men verdeelt het bekken in het groote en het kleine bekken. Het groote bekken vormt als het ware een voortzetting van de buikholte. Het gaat van onderen trechtervormig in het kleine bekken over. Deze overgangsplaats, de ingang van het kleine bekken (apertura pelvis superior), *Fig. 4 b* en *Fig. 5 a*, wordt begrensd door een lijn, die linea terminalis of innominata heet. Bij den man neemt deze lijn, door de sterker voorwaartsche buiging van het voorgebergte, een min of meer hartvormige gedaante aan, terwijl zij bij de vrouw eirond is. *Vergelijk Fig. 4 b en 5 a.*

Het kleine bekken vormt een holte, die naar onderen kegelvormig toeloopt. De onderste opening is daardoor kleiner dan de bovenste; zij heeft zoowel bij de vrouw als bij den man een hartvormige gedaante.

Het *stuitbeen*, dat beweeglijk met het heiligbeen is verbonden, kan naar achteren wijken, waardoor de onderste opening belangrijk verruimd wordt. Dit bevordert een gemakkelijke bevalling.

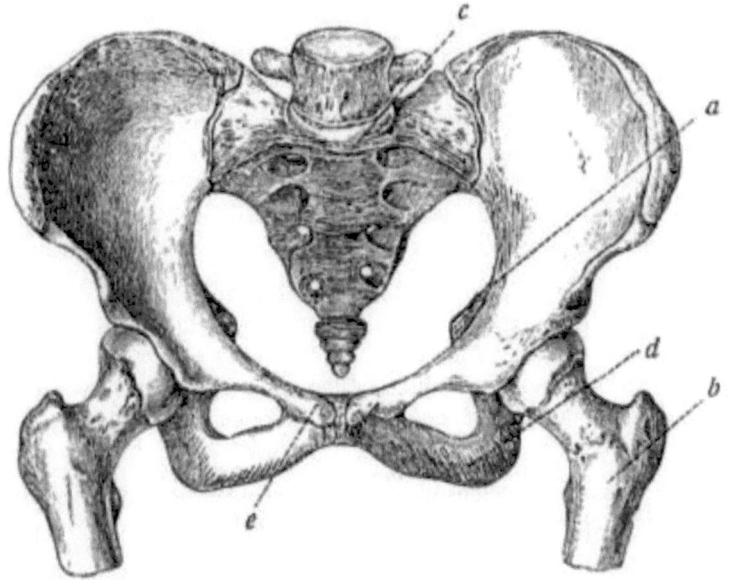

Fig. 5. *Vrouwelijk bekken*, van voren. (HEITZMANN.)
a. linea terminalis. *b*. dijbeen. *c*. voorgebergte. *d*. zitbeen. *e*. schaambeen.

Eindelijk onderscheidt zich het vrouwelijk bekken nog van het mannelijke daardoor, dat het eerste zwakker gebouwd en korter en wijder is. Wegens deze laatste eigenschappen behoeft het kind bij de geboorte kleiner afstand in het bekken af te leggen en kan dit gemakkelijker geschieden. Van de wijdte van het bekken hangt het meestal af, of de bevalling een natuurlijk verloop neemt. Het is daarom van groot belang, dat de verloskundige deze wijdte reeds vóór de bevalling bepalen kan. [13]

Bij jonge kinderen is het verschil in geslacht aan den vorm van het bekken nauwelijks waar te nemen, hoewel de later duidelijk uitgesproken verschillen toch reeds in beginsel aanwezig zijn. Eerst gedurende de ontwikkeling van de geslachtsorganen neemt het bekken voor beide geslachten zijn afzonderlijken vasten vorm aan. Hiertoe werken vele factoren mede. De druk van het gewicht van den romp en het verschil in groei van enkele onderdeelen van het bekken oefenen daarbij wel den meesten invloed uit. Doch ook sommige ziekten gedurende het ontwikkelingstijdperk en de levensomstandigheden der meisjes missen haar uitwerking niet.

De vroegere bewering, dat ook de meerdere of mindere beschaving van een volk invloed uitoefent op den vorm van het bekken, is gebleken onjuist te zijn. Wel komen er bij verschillende volkeren ook verschillende bekkenvormen voor, maar daarvoor bestaan andere oorzaken.

Een denkbeeldige lijn van boven naar onderen, midden door het bekken getrokken, zoodanig dat zij overal op gelijken afstand van de wanden blijft, noemt men de middellijn of as van het bekken. Zij vormt een naar voren gerichten hollen boog. Wat door het bekken gaat, dus ook het kind bij de geboorte, moet zich in de richting van deze lijn bewegen.

Door de zachte deelen, waarmede het bekken in- en uitwendig bekleed is, schijnt het voorkomen een ander dan het beschrevene te zijn.

Zoo wordt de ingang van het kleine bekken van achteren door het dikke gedeelte van de groote lendenspieren bekleed en ondergaat daardoor een geringe vernauwing. *Plaat V No. 64*. In liggende houding met opgetrokken knieën ontspannen zich de groote lendenspieren en wordt die vernauwing daardoor voor een groot gedeelte geneutraliseerd.

De grootste verandering in voorkomen ondergaat wel de bekke*nuitgang*. Terwijl deze bij het skelet geheel open is, wordt hij in werkelijkheid, bij het levende individu, door sterke peesvliezen en door spieren bijna geheel gesloten en hij behoudt bij de vrouw slechts drie kleine openingen.

De achterste opening is de aars (anus), de middelste de mond der scheede (ostium vaginae) en de voorste de opening der pisbuis (urethra). Deze openingen zijn alle drie omgeven door sluitspieren, die aan den wil onderworpen zijn.

Het gedeelte, tusschen aars en scheede gelegen, wordt bilnaad (perineum) genoemd. Deze vliezige spiermassa gaat aan weerszijden, zonder bepaalde grenzen, in de binnenste vlakte der beenen over. Van den mond der scheede af tot aan den aars neemt de bilnaad in dikte toe. De vrouwelijke bilnaad is korter en breeder dan de mannelijke.

De Spieren.

Het geraamte is bijna geheel omgeven door spieren. Zij vormen de vleeschmassa van het lichaam en zijn door middel van pezen aan de beenderen verbonden. Een spier is samengesteld uit evenwijdig loopende spiervezels, die tot een bundeltje zijn vereenigd, hetwelk door een dun bindweefselvliesje omgeven is. Vele zulke bundeltjes vereenigen zich tot groote bundels, die dan telkens weder omgeven worden door een bindweefselkokertje, totdat zij ten slotte de geheele spier vormen, die dan in haar geheel omhuld wordt door een dikker vlies. [14]

Bij krachtig ontwikkelde spieren, een gevolg van geregelde werkzaamheid, zijn de afzonderlijke spiervezels in aantal toegenomen en heeft de spier daardoor een grooter omvang verkregen. Voortdurende rust en werkeloosheid van een spier veroorzaakt omvangsvermindering (atrophie).

De werkzaamheid der spieren bestaat in het zich samentrekken; het is dan alsof de vleeschmassa der spier zwelt en harder wordt. Werkt een spier, dan heeft er in haar weefsel een scheikundig proces plaats, waarbij ontledingsproducten ontstaan, die door het bloed worden weggevoerd. Worden deze ontledingsproducten niet snel genoeg verwijderd, dan hoopen zij zich tijdelijk in het weefsel der spier op en veroorzaken het gevoel van vermoeidheid. Een spier, die niet voortdurend saamgetrokken is, doch afwisselend werkt, kan veel langer doorwerken zonder vermoeid te worden, dan een, die wel voortdurend saamgetrokken is. Vandaar dat het staan, waarbij immers ook spieren werkzaam zijn en wel onafgebroken dezelfde, meer vermoeit dan het gaan, of dat men beter een halven dag onafgebroken met armen en handen kan werken, dan 10 minuten een licht voorwerp met uitgestrekten arm onbeweeglijk vasthouden.

Men onderscheidt de spieren in *willekeurige* en *onwillekeurige*. De willekeurige spieren gehoorzamen aan den wil; wij hebben het in onze macht, ze te doen samentrekken of werkloos te houden. Haar spiervezels zijn, onder het mikroskoop gezien, dwarsgestreept. Al de spieren van het hoofd, den romp en de ledematen behooren tot de willekeurige spieren.

De samentrekking der onwillekeurige spieren hebben wij niet in onze macht. Men vindt ze in de bloedvaten, in de baarmoeder, in de maag, in de darmen, enz. In de laatste zijn zij het bijv., die de voortbeweging van het voedsel tot stand brengen. Onder het mikroskoop gezien, vertoonen die spieren geen dwarse strepen.

Bij man en vrouw komen over het geheele lichaam dezelfde spieren voor, die ook in bouw, vorm en verrichting geen werkelijk verschil aanbieden. Slechts de spieren van de geslachtsorganen wijken hiervan uit den aard der zaak af.

Plaat II geeft een groot aantal spieren van de voorzijde van het lichaam te zien, die genummerd werden en waarvan de namen achter de overeenkomstige nummers in de bijgevoegde beschrijving te vinden zijn.

Alleen zij hier nog vermeld, dat het lieskanaal, *Plaat II No. 41*, van de vrouw langer en nauwer is dan dat van den man, waardoor verklaard wordt, dat liesbreuken bij mannen veelvuldiger voorkomen dan bij vrouwen.

Een liesbreuk toch ontstaat, wanneer een buikingewand, bijv. een darmlis door het lieskanaal uitzakt.

De Bloedsomloop.

Het bloed bestaat uit een licht-geel vocht, bloedplasma, waarin zich millioenen van mikroskopisch kleine celletjes bevinden, de z.g. bloedlichaampjes. Het grootste deel daarvan is rood gekleurd; de overige zijn kleurloos.

Het bloed vervult in het lichaam de rol van zuurstof in de longen en voedingsstoffen in de spijsverteringsorganen op te nemen en over te brengen naar de verschillende deelen van het lichaam, om daarna de in die lichaamsdeelen ontstane [15]onbruikbare stoffen weg te voeren naar de plaatsen, vanwaar zij uit het lichaam verwijderd kunnen worden. Te dien einde is het noodzakelijk, dat het bloed aanhoudend door het lichaam stroomt. Deze strooming, die men den bloedsomloop of kringloop noemt, komt tot stand door samentrekkingen van het hart.

Het HART (cor) is een holle, kegelvormige spier, *Plaat III No. 1–4*, die in de borstholte links van haar middellijn gelegen is, doch nog gedeeltelijk door het borstbeen bedekt wordt. Het ligt tusschen de beide longen. De breede basis van het hart is schuin naar boven en zijn top naar beneden gekeerd. Die top, de punt van het hart genoemd, ligt tusschen de 5e en 6e linker rib.

De grootte van het hart komt in den regel overeen met de grootte van de vuist. Een vrouwenhart is dikwijls in verhouding iets kleiner dan een mannenhart.

De holte van het hart wordt door een middenschot in een rechter en linker helft verdeeld. *Plaat V No. 28–32.* Beide helften bestaan echter weder uit twee deelen, een kamer (ventriculus) en een voorkamer (atrium). Hartoor (auriculum cordis) noemt men het aanhangsel, dat aan elke voorkamer zit. *Plaat III No. 3 en 4.*

Het hart is dus in vier ruimten verdeeld, twee kamers en twee voorkamers, die ieder een zelfde hoeveelheid bloed kunnen bevatten.

De voorkamers zijn wel is waar kleiner dan de kamers, doch zij kunnen niettemin dezelfde hoeveelheid bloed bevatten, omdat zij dunne vliezige wanden bezitten, die zich verder kunnen uitzetten dan de dikke spierwanden van de kamers.

Iedere voorkamer staat met de bij haar behoorende kamer in verbinding door een opening, welke door een vlies, het klapvlies, kan afgesloten worden.

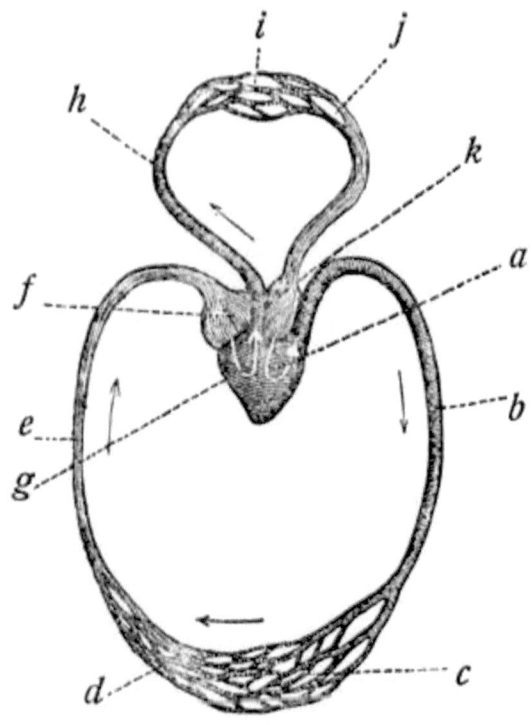

Fig. 6. *Kringloop van het bloed.* (Gegenbaur.)

- *a*. linkerhartkamer.
- *b*. slagaderen van het lichaam.
- *c*. capillairbuisjes.
- *d*. begin der aderen.
- *e*. aderen van het lichaam.
- *f*. rechter voorkamer.
- *g*. rechter kamer.
- *h*. slagaderen van de longen.
- *i*. capillairbuisjes van de longen.
- *j*. aderen van de longen.
- *k*. linker voorkamer.

Wij kunnen den bloedsomloop het gemakkelijkst volgen, wanneer wij ons als in *Fig. 6*, dien kringloop enkelvoudig voorstellen. Uit de *linker* kamer,*Fig 6 a*, stroomt het bloed in de groote lichaamsslagader (aorta). Deze gaat eerst met een boog naar boven, Plaat III No. 5 en 6, kromt zich dan naar beneden en verloopt langs de wervelkolom. Op haar weg geeft zij tal van slagaderen af, die naar de verschillende deelen van het lichaam gaan. (In *Fig.* 6 is daarvoor enkel de boog *b* genomen.) Ieder van die slagaderen verdeelt zich op haar beurt weder en vormt steeds fijnere slagaderen, totdat ten slotte deze kanaaltjes mikroskopisch fijn worden en dan haarvaten of capillairvaten genoemd worden. *Fig. 6 c*. De kracht, die noodig is om het bloed door al die groote en kleine vaten te drijven, is zeer groot; van daar dat de spiermassa van de linker kamer sterk ontwikkeld is. [16]

De capillairvaten bezitten een zeer dunnen wand, die gemakkelijk vocht doorlaat; daardoor kan het bloed, dat door de capillairvaten stroomt, het vocht, waarin de voedingsstoffen voor de weefsels aanwezig zijn, afgeven en de onbruikbare stoffen, ontledingsproducten, uit de weefsels in zich opnemen.

Nadat deze uitwisseling van stoffen is volbracht, vereenigen zich de capillairvaten weder tot wijdere vaten (aderen), *Fig. 6 e*, die tot nog steeds wijdere samenkomen en eindelijk het bloed verzamelen in de twee groote lichaams*aderen* (vena cava superior et inferior), *Plaat III No. 9 en 10*, welke in de *rechter* voorkamer uitmonden. *Fig. 6 f.*

Zoodra het bloed in de rechter voorkamer aangekomen is, trekt deze zich samen en wordt het naar de rechter kamer geperst. *Fig. 6 g.*

Daarop volgt de samentrekking van de *rechter* kamer. Het klapvlies, dat tot dusverre de opening tusschen voorkamer en kamer vrij liet, drukt zich nu tegen die opening zoodanig aan, dat het haar geheel afsluit. Het bloed kan daardoor niet naar de voorkamer terug en zoekt een uitweg door het bloedvat, dat naar de longen gaat. *Fig. 6 h*. Ook dit vat ondergaat spoedig een verdeeling, er ontstaan telkens kleiner vaten en ten slotte weer capillairvaten, *Fig. 6 i*, die zich daarna weder vereenigen en eindelijk samenkomen in een groot vat, de longader, *Fig. 6 j*, welke in de *linker* voorkamer, *Fig. 6 k*, uitmondt.

Op den weg door de capillairvaten van de long neemt het bloed de ingeademde zuurstof in zich op en komt daarvan voorzien in de *linker* voorkamer aan.

Zoodra deze gevuld is, volgt de samentrekking en wordt het bloed gestuwd naar de linker kamer, vanwaar dit opnieuw zijn kringloop begint. Reeds werd opgemerkt, dat ook op de grens tusschen *linker* voorkamer en kamer zich een klapvlies bevindt. Bij contractie van de linker kamer sluit dit den weg naar de voorkamer en belet daardoor het terugstroomen van het bloed.

Het van zuurstof voorziene, z.g. slagaderlijk bloed bezit een helderroode kleur en loopt door de slagaderen (arteriae) naar de weefsels. Keert het nu door de aderen (venae) naar het hart terug, nadat het de zuurstof heeft afgegeven, dan is het z.g. aderlijk bloed donkerrood, blauwachtig van kleur. Als zoodanig komt het ook in de rechter voorkamer aan, doch zal weldra, na door de rechter kamer te zijn gegaan, in de longen treden en daar nieuwe zuurstof opnemen, koolzuur en andere gassen afgeven en weer als slagaderlijk bloed het linker hart bereiken.

Telkens wanneer de kamers zich samentrekken, stoot het hart met de punt tegen den borstwand; men kan zich hiervan overtuigen door den vinger te plaatsen tusschen de 5e en 6e rib en wel eenigszins links onder den linker borsttepel. Bij iedere samentrekking van het linker hart wordt een bloedgolf door de slagaderen gedreven: op sommige plaatsen van het lichaam is dit nu duidelijk voelbaar als men den vinger op de slagader laat rusten. Men noemt dit den polsslag. Polsslag en hartslag geven beide dus te kennen, dat er een samentrekking van de kamers plaats heeft. Linker en rechter kamer doen dit bijna gelijktijdig.

Bij den gezonden, volwassen mensch geschiedt dit 65 à 80 maal in de minuut; bij kinderen slaat de pols sneller, bij pasgeborenen ongeveer 140 maal in de minuut. Volgens sommigen bestaat een gering verschil in de snelheid van een [17]vrouwen- en een mannenpols. Zij nemen aan, voor mannen gemiddeld 70, voor vrouwen gemiddeld 76 slagen in de minuut.

Allerlei omstandigheden oefenen, ook in gezonden toestand, invloed uit op de snelheid van den pols. Zij ondergaat verandering na lichaamsinspanning, na het eten, in den slaap, bij temperatuursverandering, enz.

Het geheele hart en een gedeelte van de bloedvaten, die er uitkomen en er in terugkeeren, zijn door een vliezigen zak, het hartzakje (pericardium) omgeven. Dit zakje is iets grooter dan het hart; voorzoover het niet geheel met het hart wordt gevuld, is de ruimte door vocht ingenomen.

Plaat III geeft een duidelijk beeld van de ligging en van den vorm van het hart en van de voornaamste slagaderen en aderen.

De *slagaderen voor de geslachtsorganen* gaan van de zaadslagaderen (arteriae spermaticae internae) uit, *Plaat III No. 23*. Gedurende de zwangerschap, doch ook bij verschillende baarmoederziekten nemen zij zeer sterk in doorsnede toe. Deze toename houdt gelijken tred met de omvangstoename van de baarmoeder. Zoowel de stam van de zaadslagader als haar vele vertakkingen nemen er aan deel. Daardoor voert dit netwerk van vaten in zulke gevallen een groote hoeveelheid bloed aan de baarmoeder toe.

Tot het vaatstelsel behooren ook de lymphvaten of watervaten. Om zich hiervan een juiste voorstelling te vormen, bedenke men, dat de capillairvaten in weefselspleten liggen en daarin voedingsvocht voor de weefsels afgeven. Het niet verbruikte vocht met de ontledingsproducten moet nu een uitweg hebben. Voor een deel wordt het, zooals wij gezien hebben, met het aderlijk bloed weggevoerd. Voor zoover dit niet het geval is, vloeit het weg door vaatjes, welke door vereeniging der weefselspleten ontstaan. Het vocht noemt men lymph en de vaatjes lymphvaten. De lymphvaten vereenigen zich tot één groot lymphvat en dit mondt uit in een groote ader.

Het Zenuwstelsel.

De verrichtingen van de afzonderlijke organen van het lichaam worden door middel van het zenuwstelsel tot één geheel vereenigd.

Men verdeelt het zenuwstelsel in een *centraal* en een *peripheer* gedeelte. Tot het centraal gedeelte behooren de hersenen en het ruggemerg.

In het centraal gedeelte van het zenuwstelsel ontstaan de prikkels, die de werking der spieren opwekken en worden de indrukken, door de zintuigen ontvangen, in voorstellingen en gewaarwordingen omgezet. Het wordt tevens gehouden voor den zetel van het verstand.

Het periphere gedeelte van het zenuwstelsel bestaat uit zenuwen (nervi), die als leidraden, prikkels en indrukken overbrengen en de verschillende organen met het centrale zenuwstelsel in verbinding brengen.

De HERSENEN (encephalon) zijn in de schedelholte besloten. Ze zijn door drie vliezige hulsels omgeven, die, van buiten naar binnen gerekend, onderscheiden worden in harde hersenvlies (dura mater), spinnewebsvlies (arachnoidea) en zachte hersenvlies (pia mater).

De bouw der hersenen is zeer gecompliceerd. Hier zij alleen vermeld, dat zij verdeeld worden in groote hersenen (cerebrum), kleine hersenen (cerebellum) en het verlengde merg (medulla oblongata). Zij bestaan uit twee helften, die aan elkander gelijk zijn.

De hersenoppervlakte heeft boogsgewijs gekronkelde verhevenheden; deze verhevenheden worden gyri genoemd, terwijl de daartusschen liggende sleuven sulci genoemd worden. *Plaat IV No. 1.*

De beide helften van de groote hersenen zijn door den zoogen. balk (corpus callosum) met elkander verbonden, terwijl de beide helften der kleine hersenen in de brug van Varol (pons Varoli) hun verbindingspunt vinden. *Plaat IV No. 2.*

Het verlengde merg verlaat de schedelholte door het achterhoofdsgat en gaat in het ruggemerg over. *Plaat IV No. 3.*

Men heeft het er langen tijd voor gehouden, dat de hersenen van de vrouw lichter zouden zijn dan die van den man. Vroegere onderzoekers beschouwden het gewicht der hersenen in verhouding tot de lengte van het lichaam en kwamen daardoor tot een foutief resultaat. In den laatsten tijd heeft men redelijker gehandeld. Men bepaalde het hersengewicht in verband met het lichaamsgewicht en kwam zoodoende tot het resultaat, dat de hersenen der vrouwen minstens even zwaar, doch veelal iets zwaarder zijn dan die der mannen. Het is evenwel te begrijpen, dat men uit deze berekening niet mag concludeeren tot meerdere of mindere intelligentie van een der beide geslachten.

Ook is beweerd dat verschil in verhouding van de hersendeelen onderling was toe te schrijven aan geslachtsverschil. Men meende namelijk ontdekt te hebben, dat de voorhoofdskwabben van de hersenen in verhouding tot zijn overige deelen bij den man grooter waren dan bij de vrouw en omdat men altijd had aangenomen dat aldaar het verstand zetelde, was de uitkomst van het onderzoek geen verrassing. Het is evenwel gebleken, dat deze ontdekking aan onjuiste waarnemingen moest worden toegeschreven. Onderzoekers van lateren tijd hebben aangetoond, dat de voorhoofdskwabben van de vrouw beter ontwikkeld zijn dan die van den man en hoewel het verschil zeer gering is, het overwicht toch is aan de zijde der vrouw. Laat mij onmiddellijk hieraan toevoegen, dat men in den laatsten tijd twijfel is gaan opperen, of het verstand wel in de voorhoofdskwabben zetelt.

Nog andere kenmerkende verschillen heeft men gemeend te vinden, doch telkens bleken zij den toets van het onderzoek niet te kunnen doorstaan, zoodat men dan ook op dit oogenblik geen enkel belangrijk punt van verschil tusschen de hersenen van mannen en vrouwen kan aannemen en zeer zeker in geen enkel opzicht uit de verkregen resultaten een besluit ten nadeele van het intellect der vrouw mag trekken.

Keeren wij thans terug tot het RUGGEMERG (medulla spinalis), het lange, cylindervormige gedeelte van het centrale zenuwstelsel, in de holte van de ruggegraat gelegen en evenals de hersenen door drie vliezen omgeven. *Plaat IV No. 4-7.* Het eindigt van onderen ter hoogte van den 1en of 2en lenden wervel stomp kegelvormig (conus medullaris), vanwaar een draadvormig uiteinde (filum terminale) verder het ruggemergskanaal doorloopt. [19]

Men onderscheidt drie soorten van ZENUWEN: gevoels-, bewegings- en sympathische zenuwen.

Worden *gevoels*zenuwen geprikkeld, dan wordt die prikkel overgebracht naar de hersenen en volgt een gewaarwording, bijv. van pijn of warmte, van reuk of geluid.

De *bewegings*zenuwen eindigen alle in de spieren. Worden die zenuwen geprikkeld, dan volgt samentrekking van de daarmede correspondeerende spieren.

Gaan wij nu na, uit welke zenuwen de verschillende organen hun zenuwtakken ontvangen, dan blijkt, dat de hersenen 12 paar hersenzenuwen leveren, terwijl uit het ruggemerg 31 paar ruggemergszenuwen haar oorsprong nemen.

De 12 paar hersenzenuwen zijn bijna uitsluitend bestemd voor de verschillende deelen van het hoofd. Zij voorzien de zintuigen van zenuwtakken en geven verder gevoels- en bewegingszenuwen voor het hoofd af.

De 31 paar ruggemergszenuwen worden bij haar oorsprong in twee takken gescheiden, waarvan de voorste, de dikkere tak, bewegingszenuwen, de achterste, gevoelszenuwen levert.

Deze ruggemergszenuwen zijn verdeeld in 8 hals-, 12 borst-, 5 lenden-, 5 heiligbeens- en 1, soms 2 stuitbeenszenuwen. Zij verlaten alle het ruggemergskanaal door de voor hen bestemde opening in de overeenkomstige wervels. Aangezien het ruggemerg op de hoogte van den 1en of 2en lendenwervel eindigt, moeten de lenden-, heiligbeens- en stuitbeenszenuwen dus nog een eind in het ruggemergskanaal afleggen, voor zij de voor ieder harer bestemde uitgangsopening in de wervels bereiken. De zenuwen, die evenwijdig naar beneden loopen, geven een eigenaardigen vorm aan het uiteinde van het ruggemerg, dat daarnaar den naam van paardenstaart (cauda equina) verkregen heeft. Op *Plaat IV* is dit alles zeer juist afgebeeld.

De *sympathische* zenuwen vormen een afzonderlijke groep. Zij vinden haar oorsprong in twee dikke zenuwkoorden, die langs beide zijden van de wervelkolom loopen. Zij begeleiden hoofdzakelijk de bloedvaten op hun talrijke wegen en regelen de wijdte der kleine slagaderen.

De Spijsverteringsorganen.

De spijsverteringsorganen (organa digestionis) dienen tot opneming en omzetting van voedingsstoffen; zij vormen een kanaal, waarvan de mondholte (cavum oris) het begin en de aars (anus) het einde vormt. Slechts het begin en het einde is aan den wil onderworpen.

De voedingsstoffen worden in de verschillende deelen van het spijsverteringswerktuig omgezet in zoodanigen vorm, dat zij in het bloed kunnen worden opgenomen en in de verschillende weefsels kunnen worden afgescheiden om daar de verbruikte stoffen te vervangen. De aanvoer van nieuwe voedingsstoffen moet gelijk staan met, of meer zijn dan de verbruikte hoeveelheid, anders heeft er achteruitgang van de weefsels plaats.

Het geheele voedingsproces berust op een scheikundige omzetting der toegevoerde stoffen. De onbruikbare, niet tot opneming geschikte bestanddeelen gaan tot aan het einde van het darmkanaal door, om daar verwijderd te worden. [20]

De spijsverteringsorganen zijn van het begin tot het einde met slijmvlies bekleed. Dit slijmvlies is rijk aan slijmkliertjes en bevat verder veel bloedvaten, lymphvaten en zenuwen.

De MONDHOLTE moet als het begin beschouwd worden. Zij vormt een holte, van *boven* begrensd door een naar voren gelegen hard en naar achteren gelegen zacht gehemelte (palatum durum et molle). Achter aan het zachte gehemelte bevindt zich de huig (uvula), die de keelholte schijnbaar in twee helften verdeelt.

Het zachte gehemelte vertoont verder twee verheffingen, die als bogen naar rechts en naar links verloopen; tusschen de *twee* rechtsche en tusschen de twee linksche booghelften ligt telkens een amandel (tonsilla).

Aan beide *zijden* wordt de mondholte begrensd door de wangen; daarin verloopen de wangspieren (musculi buccinatores). *Plaat II No. 13.*

De *onderkant* van de mondholte wordt grootendeels gevormd door de tong (lingua); deze laat slechts een klein gedeelte van den eigenlijken bodem der mondholte vrij. De tong bestaat uit spieren, waarvan de vezelen in verschillende richtingen verloopen. Hierdoor worden de meest verschillende bewegingen mogelijk gemaakt.

In de mondholte wordt het vaste voedsel gekauwd. Dit kauwen geschiedt, doordien de onderkaak op en neer en ook in zijdelingsche richting bewogen wordt; de bovenkaak staat vast. Onder het kauwen wordt de spijsbrok voortdurend verplaatst en wel door middel van de tong, de lipspieren en de wangspieren.

Tijdens het kauwen wordt het voedsel innig vermengd met speeksel, een vocht, dat afgescheiden wordt door de speekselklieren, waarvan er aan beide zijden een in de wang nabij het oor ligt: de oorklier (glandula parotis), en die haar uitvoergang dwars door het wangslijmvlies naar de mondholte zendt. Verder liggen nog twee paar speekselklieren in de onderkaak: de onderkaaksklier (glandula submaxillaris) en de ondertongsklier (glandula sublingualis). Van beide paren komen de uitvoergangen onder de tong uit.

Door de vermenging met speeksel wordt het doorslikken van de spijsmassa vergemakkelijkt en wordt reeds een gedeelte van het voedsel, bijv. hetgeen uit meel bestaat, zoodanig scheikundig veranderd, dat het geschikt wordt om later in het bloed te worden opgenomen.

Is het voedsel gekauwd, dan wordt het ingeslikt en vervolgt daarna zijn weg door den SLOKDARM (oesophagus), *Plaat V No. 39*. Van den slokdarm komt het in de maag.

De MAAG (ventriculus) ligt voor de grootste helft in het linker bovenste gedeelte van de buikholte. Zij stoot van boven aan het middelrif, links van haar ligt de milt en achter haar de alvleeschklier, terwijl zij rechts gedeeltelijk door de lever bedekt wordt. De plaats, waar de slokdarm in de maag overgaat, is de maagingang (cardia) en de overgang van de maag in den twaalfvingerigen darm heet portier (pylorus). Tusschen den maagingang en den maaguitgang ligt de wijde, naar onderen en links sterk uitgebogen zak, de grondvlakte van de maag (fundus ventriculi). *Plaat V No. 40*.

Aan den pylorus wordt de maag van den twaalfvingerigen darm gescheiden door een kringspier, welke van tijd tot tijd geopend wordt om voedsel door te laten. [21]

Het spijsverteringsproces, reeds in de mondholte aangevangen, wordt in de maag voortgezet en wel door middel van een vocht, het maagsap, dat door het maagslijmvlies wordt afgescheiden en voornamelijk bestaat uit pepsine en zoutzuur.

Dit vocht bezit het vermogen, het eiwit van het voedsel meer geschikt te maken tot opneming in het bloed. Door samentrekking van de in den maagwand gelegen spieren wordt het voedsel innig met het maagsap saamgekneed.

Van tijd tot tijd gaat nu, zooals gezegd is, een deel van den maaginhoud in den TWAALFVINGERIGEN DARM (duodenum) over. Men verdeelt den darm in dunnen en dikken darm.

De dunne darm bestaat weer uit drie deelen: den *twaalfvingerigen* (duodenum), den *nuchteren* (jejunum) en den *kronkeldarm* (ileum). In het geheel vormt de dunne darm een buis van 5 à 6 Meter lengte, met lissen en bochten, waarvan eenige zelfs tot in de kleine bekkenholte afhangen. *Plaat V No. 43 en 44.*

In den dunnen darm ondergaat het voedsel nieuwe veranderingen, doordien het daar in aanraking komt met twee vochten, de gal en het sap van de alvleeschklier. Beide vochten zorgen voor een verdere omzetting, waardoor opneming in het bloed mogelijk wordt.

De gal is een afscheidingsproduct uit de LEVER, de grootste klier van het menschelijk lichaam. De lever (hepar), *Plaat V No. 48*, is tamelijk week, bezit een bruinroode kleur en is gelegen in de rechter bovenste buikstreek, tegen het middelrif aan. Haar onderste rand moet slechts even onder de ribben uit gevoeld kunnen worden. Bij vrouwen, die zich sterk rijgen, wordt de lever naar onderen geperst en is daardoor veel gemakkelijker waar te nemen.

De lever scheidt onophoudelijk gal af, die in de galblaas (cystis fellea), *Plaat V No. 49*, wordt verzameld en zich gedurende de spijsvertering in den dunnen darm ontlast.

De galblaasbuis (ductus choledochus) voert de gal naar den twaalfvingerigen darm.

De ALVLEESCHKLIER (pancreas), *Plaat V No. 42*, is een klier, die een lengte heeft van ongeveer 20 cM en een breedte van 3 à 4 cM. Ook haar uitvoergang mondt in het duodenum uit, vlak bij dien van de gal. Het sap der alvleeschklier heeft een groote beteekenis, omdat het op alle bestanddeelen van het voedsel een krachtigen invloed uitoefent.

In den dunnen darm wordt eveneens het voedsel gekneed, maar tevens voortbewogen. Deze voortbeweging komt tot stand, doordien de darmwand zich achter de voedselmassa vernauwt en verkort. Dit herhaalt zich telkens met het opvolgend stuk darm en zoo gaat het voort, alsof men van de maag uitgaande, met de vingers den darm drukkende, de voedselmassa voortbeweegt. Zulk een beweging noemt men een wormvormige of peristaltische.

Van den *dunnen* darm gaat de massa nu over in den *dikken*. Op de plaats van overgang wordt een zak gevormd, de blinde darm (intestinum coecum), *Plaat V No. 45*. De dikke darm is veel wijder dan de eerste en is ook meer rekbaar. Eerst verloopt hij naar boven tot aan de lever, gaat dan van rechts naar links, om zich vervolgens naar beneden te buigen en in den endeldarm (rectum) over te gaan. Vóór den overgang in den endeldarm noemt men den dikken darm ook wel colon. [22]

De opneming van het voedsel in het bloed begint reeds in den maagwand en zet zich verder over het geheele darmkanaal voort. De wijze, waarop dit geschiedt, hier uiteen te zetten, zou tot te groote uitvoerigheid leiden. Slechts zij opgemerkt, dat behalve het vet, al het omgezette voedsel wordt afgevoerd door bloedvaten, welke in maag- en darmwand gelegen zijn. Zoo komt het dan in het bloed der holle ader, in rechter voorkamer, rechter kamer, longcapillaria, linker voorkamer, linker kamer, aorta en stroomt door de slagaderen naar alle deelen van het lichaam. In de fijne haarvaten wordt eindelijk het voedsel aan de weefsels afgegeven. Het vet wordt door een eigen vaatsysteem uit den darmwand afgevoerd, maar dit systeem mondt ten slotte toch ook in het aderlijke bloed uit, zoodat ook het vet den weg van rechter voorkamer, rechter kamer, enz. volgt.

De MILT (lien), *Plaat V No. 41*, behoort eigenlijk niet tot de digestie-organen; zij wordt hier alleen besproken, omdat zij in de buikholte vlak achter of naast de grondvlakte van de maag gelegen is en nog niet is uitgemaakt, welke functie zij eigenlijk te vervullen heeft. Het is een bruinrood orgaan, ter grootte van een vuist, dat buitengewoon vaatrijk is.

Het buikvlies (peritoneum) is een volkomen gesloten zak (bij de vrouw wordt het alleen door de buikopeningen van de Fallopiaansche buizen, waarover later, doorboord), waarmede de inwendige oppervlakte van de buik- en bekkenwanden is bekleed (peritoneum parietale) en dat de buik- en bekkeningewanden zoodanig omgeeft, dat deze daardoor geheel overdekt zijn (peritoneum viscerale).

De Ademhalingsorganen.

Door middel van de ademhalingsorganen wordt zuurstof in het bloed gebracht en worden onbruikbare gasvormige omzettingsproducten, voornamelijk koolzuur, uit het lichaam verwijderd. Tot de ademhalingsorganen behooren de groote luchtwegen en de longen. Langs de luchtwegen, waartoe alleen de neus, het strottenhoofd en de luchtpijp gerekend worden, bereikt de lucht de longen.

De *neus* (nasus), tegelijkertijd ons reukorgaan, is in normale omstandigheden de eenige toegangsweg tot de longen, daar de doortocht door den mond eigenlijk alleen als noodhulp behoort gebruikt te worden. Doordien deze toegangsweg zoo nauw is en bovendien nog vele bochten vertoont, kan de buitenlucht er slechts langzaam doorgaan en komt zoodoende behoorlijk verwarmd in de longen aan.

Het *strottenhoofd* (larynx), *Plaat V No. 24*, is een uit kraakbeenderen samengesteld orgaan, dat bij den ingang een klepje, strotteklepje (epiglottis) bezit, waardoor die ingang kan afgesloten worden. Het strottenhoofd staat van boven met den mond en den neus in verbinding; van onderen gaat het in de luchtpijp over. Bij het slikken sluit het zeer beweeglijk en veerkrachtig strotteklepje den toegang naar het strottenhoofd af en verhindert daardoor, dat het doorgeslikte in de luchtwegen komt.

Het strottenhoofd dient tot orgaan voor stemvorming. Daarvoor zijn binnen in de holte slijmvliesplooien gespannen, die als stembanden dienst doen. Door aldaar aanwezige, talrijke kleine spieren zijn wij in staat de stembanden meer of minder sterk te spannen en daardoor de verschillende tonen in ons geluid te brengen.

Het strottenhoofd is bij vrouwen aanmerkelijk kleiner dan bij mannen. Tot [23]op ongeveer 15-j. leeftijd is er geen noemenswaardig verschil; daarna ontwikkelt het zich bij jongens veel sterker dan bij meisjes. De stembanden zijn dan ook bij de eersten langer en de stemspleet, de spleet tusschen beide stembanden gelegen, waardoor de in- en uitademingslucht passeeren moet, iets breeder. Het verschil in stem bij mannen en vrouwen is daaraan toe te schrijven.

De *luchtpijp* (trachea), Plaat V No. 25, is een 10-22 cM. lange buis, uit een aantal (16-20) kraakbeenringen samengesteld, welke door veerkrachtige, vezelachtige banden onderling zijn vereenigd. Op de hoogte van den 4en borstwervel splitst de luchtpijp zich in twee takken, de luchtpijpstakken (bronchi), Plaat V No. 26, die naar de rechter en linker long loopen.

De rechter tak, die iets korter en wijder is dan de linker, splitst zich in drieën, voor elke rechter longkwab een; de linker tak verdeelt zich slechts in tweeën, omdat de linker long slechts twee kwabben bezit. In de long wordt elke tak in ontelbaar kleine en steeds fijner wordende takjes verdeeld, die ten slotte alle uitmonden in een fijn, zakvormig blaasje, de longblaasjes. Vele van deze met lucht gevulde longblaasjes vormen te zamen een longlapje en uit een aantal van zulke lapjes zijn de longen opgebouwd.

De LONGEN (pulmones), Plaat V No. 27, zijn twee weeke, sponsachtige organen, die in de beide helften der borstkas een plaats vinden en de holte hiervan geheel vullen. De longslagader, die met de luchtpijpstakken aan de binnenvlakte der longen naar binnen treedt, vertakt zich aldaar evenals de luchtpijpstakken in vele kleine slagaderen, om eindelijk het weefsel van de longblaasjes met een net van capillairen te omgeven. Hierdoor is het bloed in staat, de zuurstof van de ingeademde lucht in zich op te nemen en daarvoor de in het lichaam ontstane, onbruikbare gassen, die het meevoerde, af te geven, welke dan met de lucht worden uitgeademd. Bij verruiming van de borstkas zetten de longen zich uit; de longblaasjes vullen zich dan met versche lucht, wat men *inademen* noemt. Men spreekt van *uitademen*, wanneer de gebruikte lucht de longen verlaat. In- en uitademing gezamenlijk heet *ademhaling*. Door samentrekking van de spieren van de borstkas komt de ademhaling tot stand; dan toch wordt de borstkas verruimd.

Een spier, die bij de ademhaling een voorname rol speelt, worde hier afzonderlijk vermeld. Deze spier, het middelrif (diaphragma), *Plaat V No. 50*, sluit de borstholte geheel van de buikholte af. Rondom aan de ribben bevestigd, bevindt zij zich in toestand van rust bolvormig gespannen in de borstholte. Bij samentrekking wordt de welving van de spier vlak en wordt de borstkas daardoor aanmerkelijk verruimd. De spiermassa bezit in het midden twee openingen, waardoor de slokdarm en de lichaamsslagader van de borst- in de buikholte en de onderste holle ader van de buik- in de borstholte kunnen overgaan.

In geheel rustigen, normalen toestand hebben er bij volwassen menschen 16 à 20 ademhalingen in de minuut plaats. Bij kinderen is dit aantal grooter, terwijl ook vrouwen iets sneller ademen dan mannen. Allerlei invloeden kunnen de ademhaling versnellen, zonder dat wij nog met ziekelijke afwijkingen te doen hebben, bijv. bij inspanning der spieren, bij gemoedsaandoeningen, enz.

De hoeveelheid lucht, die bij diepste inademing op eenmaal kan ingeademd worden, de vitale capaciteit der longen, is bij mannen grooter dan bij vrouwen. [24]Dat in normalen toestand ook de *wijze* van ademhaling bij mannen en vrouwen zou verschillen, heeft men vroeger wel aangenomen, doch later is gebleken, dat dit een dwaling was. Men dacht, dat mannen ademden hoofdzakelijk door samentrekking van het middelrif (buikademhaling); vrouwen daarentegen door samentrekking van de borstspieren (ribben-ademhaling). Het is echter gebleken, dat deze ribbenademhaling, wanneer zij voorkomt bij vrouwen, meestal een gevolg is van te nauw sluitende kleeding, te sterk geregen corsetten, waardoor de uitzetting der borstkas van onderen wordt belemmerd.

In de borstholte liggen nog twee klieren, de schildklier (glandula thyreoidea) en de thymusklier (glandula thymus).

De schildklier ligt vóór het begin der luchtpijp. Zij is bij vrouwen iets grooter dan bij mannen.

De thymusklier ligt achter het bovenste deel van het borstbeen. Deze klier neemt tot het 2e levensjaar in omvang toe, gaat daarna langzamerhand verminderen en is tegen den tijd der geslachtsrijpheid geheel verdwenen.

De Pisorganen.

Een groot deel der stoffen, die door het stofwisselingsproces in de weefsels worden gevormd en die voor de voeding der organen geen waarde meer hebben, wordt door middel van de pisorganen uit het lichaam verwijderd. Het zijn voornamelijk de stikstofhoudende stoffen, die, in opgelosten toestand, langs dezen weg het lichaam verlaten. Gelijk op bladz. 14 gezegd is, worden zij door het bloed, wanneer dit door de haarvaten der weefsels stroomt, opgenomen, om daarna te worden afgescheiden, wanneer het de nieren passeert.

Dit afscheidingsproduct der nieren is de pis (urine).

De *nieren* (renes) zijn boonvormige klieren, van bruinroode kleur. Zij liggen in de lendenstreek, aan beide zijden van de wervelkolom, de linker iets hooger dan de rechter. *Plaat V No. 51.*

Door vetrijk bindweefsel, dat de nieren omgeeft, door het buikvlies, dat haar voorvlakte bekleedt en door de groote bloedvaten, die haar het bloed toevoeren, zijn zij aan haar plaats gebonden. De plaats, waar de groote bloedvaten de nieren ingaan en deze weder verlaten en waar ook de pisleider uittreedt, noemt men de poort van de nier. Somwijlen is een der nieren, meestal de rechter, min of meer bewegelijk. Door zwangerschappen of ziekten kan het gebeuren, dat het bindweefsel om de nier zijn vetrijkdom verliest en de nier daardoor minder stevig bevestigd ligt. Zij verplaatst zich dan af en toe in de buikholte en verkrijgt daardoor den naam van wandelnier.

De uitwendige oppervlakte van de nier wordt door een taai, vezelachtig vlies omgeven (capsula fibrosa), dat aan de poort door de in- en uittredende vaten doorboord wordt. *Fig. 7 a.*

Snijdt men de nier in de lengte door, zooals op *Plaat V No. 52* de linker nier is afgebeeld, dan blijkt, dat haar zelfstandigheid bestaat uit een bruinrood buitenste en een geelwit binnenste gedeelte. Deze bruinroode kleur is hieraan toe te schrijven, dat de nierslagader, aan de poort de nier binnentredende, *Plaat V No. 51*,[25]en zich steeds fijner vertakkende, doordringt tot het buitenste gedeelte, het zoogen. bastgedeelte, en daar een fijn net van haarvaten vormt. In dit vaatnet wordt de urine afgescheiden. Zij wordt in zeer kleine holten opgevangen en door de pisbuisjes, die in die holten een begin nemen, naar het zoogenaamde nierbekken, in het middenste of merggedeelte van de nier gelegen, gevoerd. De pisbuisjes, aanvankelijk zeer fijn en talrijk, vereenigen zich op hun weg naar het nierbekken en vormen zoodoende steeds wijder wordende buisjes, die eindelijk overgaan in de nierkelken (calices renales), wier uitgangen onmiddellijk in het nierbekken uitmonden. *Fig. 7 e.*

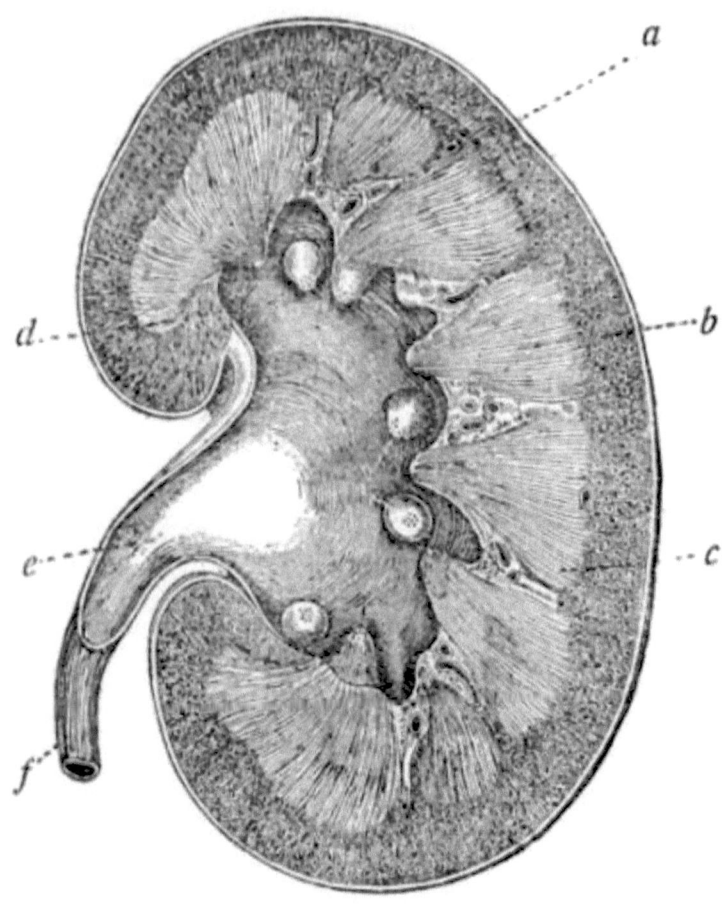

Fig. 7. *Lengtedoorsnede van de nier.* (Heitzmann.)

a. capsula fibrosa. *b.* bastzelfstandigheid. *c.* mergzelfstandigheid. *d.* nierkelken. *e.* nierbekken. *f.* pisleider.

Het nierbekken, dat zich in de richting naar de poort trechtervormig vernauwt, gaat aldaar in den pisleider (ureter), *Fig. 7 f*, over. Onophoudelijk wordt de pis in de nieren afgescheiden, door de pisbuisjes naar de nierkelken gevoerd, door deze in het nierbekken uitgestort en vandaar door den pisleider naar de blaas gebracht. De pisleiders loopen over de groote lendenspier, *Plaat V No. 53*, naar beneden tot in het kleine bekken en monden daar aan weerszijden onder aan de blaas in deze uit.

In de *pisblaas* (vesica urinaria), *Plaat V No. 54*, wordt de urine opgevangen en kan daar geruimen tijd bewaard worden. De blaas is een zak, met vrij dikken spierwand, die in ledigen toestand achter de schaambeensvereeniging ligt, doch zoodra zij gevuld is, daarboven uitsteekt.

De spierlaag is van binnen met slijmvlies bekleed, dat talrijke plooien vormt, wanneer de blaas ledig is. Aan haar bodem bevindt zich een sluitspier, die kringvormig den overgang van blaas in pisbuis omgeeft. Gelijktijdig met de samentrekking van de spierlaag van de blaas opent deze sluitspier zich en verleent aldus de urine een doortocht.

De *pisbuis* (urethra), die de urine uit de blaas buiten het lichaam brengt, is bij de vrouw slechts ongeveer 2 cM lang en mondt boven den ingang der scheede in de schaamspleet uit. Zij is wijder dan de mannelijke pisbuis en kan bovendien nog uitgerekt worden. [26]

Tweede afdeeling.

De Geslachtsorganen.

De geslachtsorganen (organa genitalia) stellen ons in staat aan nieuwe wezens het leven te schenken. Dit vermogen, om ons zelf te vermenigvuldigen, hebben wij met de planten en dieren gemeen. Wat ons evenwel van plant en dier onderscheidt is, dat de met rede begaafde mensch niet behoeft voort te planten, lijdelijk zooals de plant, of onderworpen aan een onbetoombare aandrift zooals het dier, maar dat hij dit kan doen onder de heerschappij der rede.

Bij vele planten en bij eenige lagere diersoorten worden de organen, noodig voor het voortplantingsproces, in een en hetzelfde organisme aangetroffen; bij den mensch daarentegen, evenals bij alle hooger ontwikkelde diersoorten en bij sommige planten, zijn de organen, voor dat doel bestemd, over twee individuen verdeeld. Van de beide daardoor ontstane geslachten neemt bij den mensch de vrouw een ander en grooter aandeel aan het voortplantingsproces dan de man.

In haar lichaam wordt de kiem voor het nieuwe leven gevormd en wanneer die kiem door aanraking met het zaad van den man aanleiding tot verdere ontwikkeling heeft ontvangen, dan herbergt zij het jonge vruchtje in haar lichaam, tot het zijn vollen wasdom heeft bereikt. Daarna brengt zij het ter wereld, doch voedt het nog geruimen tijd met de melk, het afscheidingsproduct harer borstklieren.

Deze vele verrichtingen, bij het voortplantingsproces aan de geslachtsdeelen der vrouw tot taak gesteld, zijn over verschillende organen verdeeld. De organen, die daarbij een hoofdrol vervullen, zijn in de lichaamsholte gelegen; de schaamdeelen (vulva) en de borstklieren (mammae), die in dit proces een bijrol vervullen, liggen uitwendig.

Laten wij beginnen met een korte uiteenzetting van den bouw en de verrichting der BORSTKLIEREN. Deze, ook wel zogklieren genaamd, zijn aanvankelijk bij jongens en meisjes gelijk, doch op ongeveer 12-j. leeftijd, wanneer ook de andere geslachtsorganen zich beginnen te ontwikkelen, openbaart zich het geslachtsverschil tevens in deze klieren. Bij den jongen blijft de borstklier op de eerste ontwikkelingshoogte staan of verschrompelt langzamerhand geheel. Bij het meisje daarentegen gaat de klier zich dan ontwikkelen. De borstklieren van het geslachtsrijpe meisje, de maagd, zijn van halfkogelvormige gedaante en liggen aan weerszijden van de borstkas op de groote borstspier (musculus pectoralis major), Plaat II No. 28, tusschen de 3e en 6e rib. Zij zijn door een sleuf, den boezem (sinus), van elkaar gescheiden. Midden op de borstklier, op haar hoogste punt, zit de borsttepel (papilla mammae), die door den tepelkring (areola mammae) omgeven is. De groote gevoeligheid, den borsttepel eigen, is een gevolg van diens rijkdom aan gevoelszenuwen. Borsttepel en tepelkring zijn meer of minder sterk bruin gekleurd.

De borstklier, Plaat I No. 63, bestaat uit 15–24 afzonderlijke kliertakken, die door veel bindweefsel zijn omgeven en daarmede onderling verbonden. In dit bindweefsel bevindt zich vet. De toeneming in grootte van de klier is een gevolg zoowel van de ontwikkeling der kliertakken als van meer vetafzetting in het [27]daartusschen liggend bindweefsel. De kliertakken bestaan uit een verzameling van als druiven getroste, kleine, vliezige blaasjes, die elk een apart uitloozingsbuisje hebben. Al die uitloozingsbuisjes vloeien samen tot een enkel kanaaltje, één voor iederen tak. Deze takken zijn de zoggangen; zij loopen elk op zich zelf naar den borsttepel en doorboren dien met een fijne opening.

In maagdelijken toestand blijven de borstklieren in dit ontwikkelingsstadium. Zoodra echter de eerste zwangerschap is ingetreden, komen zij tot geheele ontwikkeling. Vóór dien tijd is de klier ook niet in staat haar functie te verrichten: de melk, haar afscheidingsproduct, is eerst tegen het einde der zwangerschap aanwezig.

De melk wordt in de vliezige blaasjes voortgebracht en door de fijne uitloozingsbuisjes naar de zoggangen gevoerd. Door zuiging of persing vindt de melk uit de zoggangen een uitweg door de borsttepelopeningen.

De melk bestaat hoofdzakelijk uit water, vet, kaasstof, melksuiker en zouten. De eerste dagen na de geboorte van het kind is de melk bijzonder vetrijk en wordt dan colostrum genoemd. De hoeveelheid en hoedanigheid der afgescheiden melk verandert onder verschillende omstandigheden. In sommige ziektetoestanden vermindert de melkafscheiding of houdt zij geheel op. Langdurige, aanhoudende druk op de borstklier oefent eveneens een ongunstigen invloed uit op de afscheiding. Men is ook verplicht, wil men de melkproductie niet doen ophouden, de borsten regelmatig van de melk te ontlasten, door ze uit te laten zuigen of uit te persen. Sterke gemoedsaandoeningen veroorzaken almede verandering in de hoeveelheid; soms houdt zelfs na een hevigen schrik de zogafscheiding tijdelijk geheel op. Dat ook de hoedanigheid der melk na gemoedsaandoeningen verandert, is nimmer aangetoond kunnen worden; wel is het een vrij algemeen heerschende volksmeening en de mogelijkheid er van is niet uitgesloten. De voeding der vrouw oefent grooten invloed uit op de *hoedanigheid* der melk.

Alvorens van de behandeling der borstklieren af te stappen, worde nog herinnerd, dat ondoelmatige kleeding, tijdens het ontwikkelingstijdperk een te sterken druk op de klier uitoefenende, stoornis in haar groei kan brengen.

Schenken wij thans onze aandacht aan de UITWENDIGE SCHAAMDEELEN, waartoe onder meer behoort de schaamheuvel (mons veneris), een vetrijke verhevenheid, die in geslachtsrijpen leeftijd dicht met haren is begroeid. Hij maakt het bovenste deel uit van de uitwendige schaamdeelen en gaat van onderen over in de groote schaamlippen (labia majora). *Fig. 8 a.* Deze zijn groote, vetrijke huidplooien, die van den schaamheuvel boogsgewijs naar achteren loopen tot aan den bilnaad, waar zij onder een scherpen hoek samenkomen en door een dun vlies of bandje (frenulum labiorum) onderling verbonden zijn. Bij een eerste baring wordt dit bandje meestal vernietigd en wijken dan de groote schaamlippen steeds eenigszins van elkander af. Ook de groote schaamlippen zijn meestal met haren begroeid.

Tusschen de groote schaamlippen liggen de kleine schaamlippen (labia minora of nymphae). *Fig. 8 b.* Dit zijn dunne, zachte huidplooien, meestal kleiner dan de groote lippen en door deze bedekt. In sommige gevallen zijn zij grooter dan de groote lippen en steken dan buiten deze uit. Zij loopen naar achteren tot aan den ingang der scheede en staan naar voren, iedere lip in twee plooien gesplitst, met den kittelaar (clitoris), *Fig. 8 e*, in verbinding. De voorste plooi vormt de voorhuid [28]van den kittelaar (praeputium clitoridis), *Fig. 8 d*, de achterste plooi het bandje daarvan (frenulum clitoridis), *Fig. 8 f.*

De kittelaar ligt alzoo tusschen de beide plooien der kleine lippen, die zich vóór en achter dit orgaan vereenigen. Het is een klein, stomp, vaatrijk en zenuwrijk uitsteeksel, zonder opening. Het wellustgevoel zetelt voornamelijk in dit orgaan.

De ruimte tusschen de kleine lippen en achter den kittelaar noemt men het voorhof van de scheede (vestibulum vaginae). *Fig. 8 c.* Ongeveer in het midden van deze ruimte mondt de pisbuis uit met een ronde of spleetvormige opening. *Fig. 8 g.* Deze is van dikke randen voorzien. Vlak daarachter ligt een andere opening, *de ingang der scheede* (ostium vaginae), *Fig. 8 i*, die bij maagden gedeeltelijk gesloten is door een slijmvliesplooi (hymen). Bij geslachtsgemeenschap of anders bij de eerste baring wordt het hymen vernietigd. Doch ook op andere wijze kan het verloren gaan, zoodat het gemis volstrekt niet aan eerstgenoemde oorzaak behoeft te worden toegeschreven, evenmin als de aanwezigheid een volstrekt bewijs is, dat geen geslachtsgemeenschap plaats greep.

Aan beide zijden van den ingang der scheede liggen de fijne uitloozingsbuisjes der Bartholinische klieren. *Fig. 8 h*. Deze *slijmafscheidende* klieren liggen achter den ingang der scheede; zij gelijken in gedaante en grootte op een boon.

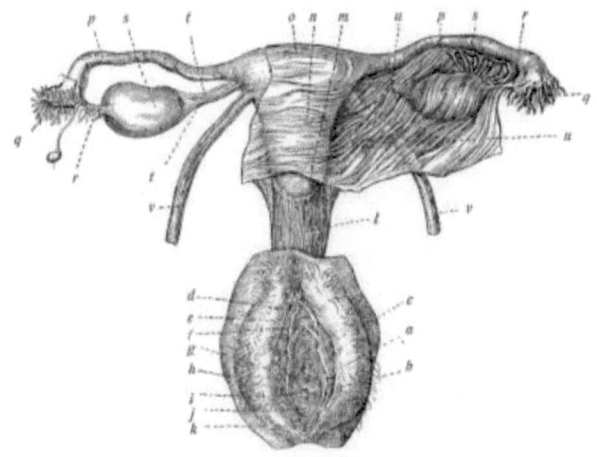

Fig. 8. *Geslachtsorganen van een 14-jarig meisje.* (HEITZMANN).

- *a.* groote schaamlippen.
- *b.* kleine schaamlippen.
- *c.* voorhof van de scheede.
- *d.* voorhuid van den kittelaar.
- *e.* kittelaar.
- *f.* bandje van den kittelaar.
- *g.* uitloozingsopening van de pisbuis.
- *h.* opening der Bartholinische klieren.
- *i.* ingang van de scheede.
- *j.* hymen.
- *k.* vereenigingsband van de groote schaamlippen.
- *l.* scheede.
- *m.* seheedegedeelte van de baarmoeder.
- *n.* lichaam van de baarmoeder.
- *o.* bodem van de baarmoeder.
- *p.* eileider.
- *q.* buikopening van den eileider.
- *q.* franjeachtige uitsteeksels.
- *r.* franjeachtig uitsteeksel, dat den eileider met den eierstok verbindt.

- *s.* eierstok.
- *t.* band, die den eierstok met de baarmoeder verbindt.
- *u.* breede baarmoederband.
- *v.* ronde baarmoederband.

Boven den ingang der scheede beginnen de *inwendige* geslachtsorganen. De *scheede* (vagina), *Fig. 8 l*, is een lang, eenigszins gebogen en zeer rekbaar kanaal. Dit kanaal loopt van den ingang af eerst een klein eindje naar achteren, buigt zich daarna naar boven en tegelijkertijd iets naar voren, ongeveer de bekkenas volgende. In haar begin ligt zij tusschen den endeldarm en de pisbuis, verder naar boven tusschen den endeldarm en het onderste gedeelte van de pisblaas.

Het bovenste gedeelte van de scheede heet het gewelf (fornix vaginae).

Haar met slijmvlies bedekte wanden zijn van onderen dikker dan van boven; bij den ingang vormen zij, vooral aan de vóór- en achterzijde, vele dikke, overdwarse plooien, die naar boven in aantal afnemen en in het gewelf geheel verdwijnen. Hebben eenige kindertjes den weg door de scheede afgelegd, dan zijn die plooien grootendeels verdwenen en is zij daardoor wijder geworden.

In het gewelf der scheede ligt het onderste gedeelte van de *baarmoeder* (uterus). Dit orgaan, *Plaat V No. 58*, is een holle spier, van peervormige gedaante, aan de voor- en achterzijde een weinig afgeplat. De baarmoeder ligt in het kleine bekken tusschen den endeldarm en de pisblaas. Met haar breeden, dikken bodem (fundus uteri), *Fig. 8 o*, is zij naar boven, met haar afgeplatten cylindervormigen hals (cervix uteri) naar beneden gekeerd. Het onderste gedeelte van den hals, in het gewelf der scheede gelegen, heet haar scheedegedeelte (portio vaginalis uteri), *Fig. 8 m*. Het gedeelte, dat tusschen den bodem en den hals van de baarmoeder ligt, noemt men het lichaam (corpus uteri), *Fig. 8 n*.

De *holte* van de baarmoeder (cavum uteri) is klein in verhouding tot de grootte van het orgaan. *Fig. 9 a*. Het vormt een fleschvormig driehoekig kanaal, dat van boven het wijdst is. Op de plaats, waar de hals en het lichaam in elkander overgaan, bestaat een geringe insnoering, de *inwendige* baarmoedermond (ostium uteri internum),

Fig. 9 b. De *uitwendige* baarmoedermond (ostium uteri externum), *Fig. 9 d*, bevindt zich op de plaats, waar het halskanaal in de scheede eindigt; hij brengt de verbinding tusschen scheede en baarmoederholte tot stand.

De uitwendige baarmoedermond is bij vrouwen, die nog niet gebaard hebben, meestal spleetvormig, met een voorste langere en een achterste kortere lip (labium anterius et posterius). Na bevallingen krijgt deze opening vele inscheuringen en wordt onregelmatig van vorm.

De wand van de baarmoeder bestaat uit gladde spiervezels. Deze, tot bundels vereenigd, loopen in alle richtingen rondom dit orgaan. Tusschen de spierbundels in liggen een aantal slagaderen en aderen, maar ook zenuwen en lymphvaten zijn daar ruim vertegenwoordigd. Van *binnen* is de wand geheel bekleed met slijmvlies, dat in de holte van het lichaam volkomen glad is, doch in het halskanaal vele plooien vormt. *Fig. 9 c.*

Bij den uitwendigen baarmoedermond eindigt dit slijmvlies en gaat daar in het slijmvlies der scheede over.

Het slijmvlies van de baarmoeder scheidt een taai, helder slijm af. Alleen wanneer deze afscheiding abnormaal groot is, wordt zij door de vrouwen opgemerkt en als witte vloed (fluor albus) bestempeld.

De ligging van de baarmoeder is van zeer vele invloeden afhankelijk. In gewone omstandigheden ondergaat zij reeds veranderingen, wanneer de blaas of de [30]endeldarm gevuld zijn. Toch neemt men in 't algemeen aan, dat de ligging bij meisjes in de richting van boven achter naar beneden voor is. Na baringen verandert de ligging belangrijk, zonder dat nog van ziekelijke afwijking sprake behoeft te zijn.

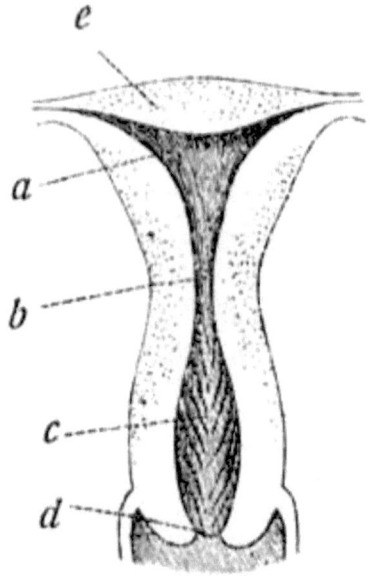

Fig. 9. *Doorsnede van een maagdelijke baarmoeder.* (GEGENBAUR).

- *a*. baarmoederholte.
- *b*. inwendige baarmoedermond.
- *c*. slijmvlies van het halskanaal.
- *d*. uitwendige baarmoedermond.
- *e*. bodem van de baarmoeder.

Van *buiten* is de baarmoeder grootendeels bedekt door het buikvlies, dat met den uteruswand vergroeid is. Het buikvlies, van de achtervlakte van de pisblaas komende, gaat na een kleine bocht naar beneden gemaakt te hebben, op de vóórvlakte van de baarmoeder over, loopt dan over den bodem van de baarmoeder, komt aan haar achtervlakte, vormt dáár een dieper bocht en gaat eindelijk op den endeldarm over. De baarmoeder ligt dus als 't ware ingestulpt in het buikvlies.

Aan de rechter- en linkerzijde van de baarmoeder komen de vóór- en achterplooi van het buikvlies samen en vormen de *breede* baarmoederbanden (ligamenta lata), *Fig. 8 u*. Deze banden zijn dus uit een voorste en achterste laag of plaat samengesteld.

De *ronde* baarmoederbanden (ligamenta rotunda), *Fig. 8 v*, ontstaan uit den spierwand van de baarmoeder. Zij loopen van de beide zijden van den bodem der baarmoeder als dikke koorden naar beneden, gaandeweg in dikte afnemende. Zij doorloopen het lieskanaal en eindigen in het weefsel van den schaamheuvel en de groote schaamlippen.

Even boven het begin van de ronde baarmoederbanden staat de holte van de baarmoeder aan beide zijden in verbinding met een buis, de *eileiders* (tubae Fallopiae), *Fig. 8 p*. De eileiders zijn door den bovensten rand der breede baarmoederbanden ingesloten. Zij zijn het nauwst dicht bij de baarmoeder, worden verder gaande wijder en eindigen met een trechtervormige opening vrij in de buikholte. Deze trechtervormige opening (ostium tubae abdominale) is aan haar vrijen rand van vele uitsteeksels voorzien, die haar als met donkerroode franje omzoomen, *Fig. 8 q*. Eén van deze uitsteeksels is langer dan de overige en is met den eierstok verbonden. *Fig. 8 r*. Waarschijnlijk gaat het ei van den eierstok langs dezen weg naar den eileider om vervolgens door dezen den weg naar de baarmoeder af te leggen.

Evenals de baarmoeder bestaan ook de eileiders uit een met slijmvlies bekleede spierlaag, welke door het buikvlies omgeven wordt. Het slijmvlies van de eileiders is van binnen bekleed met zeer fijn trilhaar; dit verkeert aanhoudend in golvende beweging en werkt daardoor mede om het in den eileider opgenomen ei naar de baarmoeder voort te bewegen.

De *eierstokken* (ovarii), *Fig. 8 s*, zijn de organen, die de kiem voor een nieuw leven voortbrengen. Zij liggen in de achterste plaat van den breeden baarmoederband, ter hoogte van den ingang van het kleine bekken, *Plaat V No. 59*. Zij zijn plat eivormig van gedaante. De punt van het eivormig orgaan is naar de baarmoeder gekeerd en is daarmede door een band (ligamentum ovarii proprium) [31]*Fig. 8 t* verbonden. Met de stompe vlakte is de eierstok zijwaarts gericht en staat daar met den eileider in verbinding.

Slechts een klein gedeelte van den eierstok wordt door het buikvlies bekleed; de geheele voorvlakte blijft onbekleed. Aan de voorvlakte merkt men een dwarse sleuf op, waar de bloedvaten, bestemd voor dit orgaan, uit- en intreden. Deze plaats noemt men de poort (hilus ovarii), *Fig. 10 aa*. Een vezelachtig vlies (tunica albuginea), *Fig. 10 e*, dat door de in- en uittredende bloedvaten doorboord wordt, omgeeft den eierstok geheel.

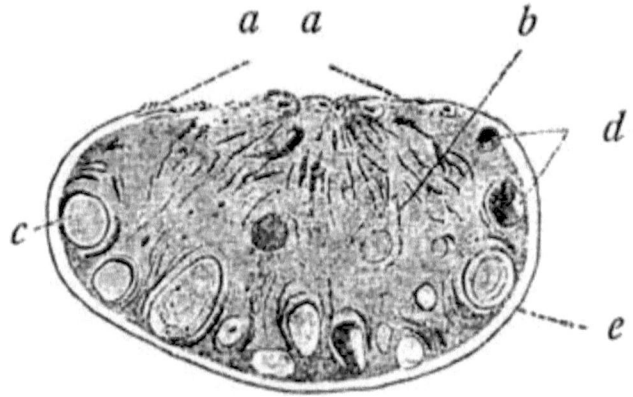

Fig. 10. *Doorsnede van een eierstok.* (GEGENBAUR).

- *aa*. poort van den eierstok.
- *b*. merggedeelte.
- *c*. Graafsche follikel.
- *d*. ledige follikels.
- *e*. vezelachtig vlies.

Het weefsel van den eierstok bestaat uit een middelste, merggedeelte, *Fig. 10 b*, en een buitenste, bastgedeelte. In het merggedeelte liggen de bloedvaten, daaromheen ligt het bastgedeelte, dat een aantal vliezige blaasjes, de Graafsche follikels, *Fig. 10 c*, bevat. Deze Graafsche follikels bestaan uit een dun vlies, waarin een vocht (liquor folliculi) en vele kleine celletjes zich bevinden. Onder deze celletjes is er één, soms twee, die in grootte al de andere overtreft; dat is de eicel, de eigenlijke levenskiem.

Van tijd tot tijd wordt zulk een ei rijp; de Graafsche follikel, waarin het besloten is, barst dan en zijn inhoud komt vrij. Het vrijgekomen ei wordt door de franjeachtige uitsteeksels van den eileider opgevangen en naar de baarmoeder overgebracht.

Indien het ei niet bevrucht wordt, gaat het, in de baarmoeder gekomen, aldaar te niet of verlaat het lichaam met het menstruatiebloed.

Door het barsten van de Graafsche follikels krijgt de oppervlakte van den eierstok telkens een wondje en wanneer dit genezen is, een litteeken. Hierdoor wordt de oorspronkelijk gladde oppervlakte, zooals die bij kinderen vóór de geslachtsrijpheid voorkomt, na eenigen tijd onregelmatig en ruw.

De eierstokken zijn bij meisjes kort vóór de rijpwording van het eerste ei het grootst. Daarna nemen zij van lieverlede in grootte en gewicht af, wegens het verlies van den inhoud der Graafsche follikels. Zij veranderen daarbij tevens eenigszins van gedaante en worden meer langwerpig. Bij oude vrouwen bezitten zij nog slechts het ⅓ gedeelte van hun oorspronkelijke grootte.

Wanneer de overige organen van het lichaam reeds een eind weegs hun ontwikkelingsgang hebben afgelegd, dan pas treden de geslachtsorganen het eerste overgangsstadium in. Tot op den leeftijd van ongeveer 12 jaren zijn de geslachtsorganen van het meisje nog in bijna alle opzichten gelijk aan die van het pasgeboren kind. Eerst daarna beginnen zij geleidelijk zich te ontwikkelen om, na verloop van enkele jaren in staat te zijn hun verrichtingen aan te vangen. Dan is de geslachtsrijpheid ingetreden, het kind is maagd geworden.

De meerdere of mindere snelheid, waarmede die overgang plaats grijpt, is [32]van vele individueele, zoowel als van algemeene invloeden afhankelijk. Voor ons land stelt men den gemiddelden leeftijd voor geslachtsrijpheid op ongeveer 15 jaren. Goede voeding en gezonde leefwijze bevorderen zeer een snellen overgang. Bij kinderen, die onder ongunstige maatschappelijke toestanden leven, is de ontwikkelingsduur langer. Het klimaat oefent in dezen ongeveer een zelfden invloed uit als voeding en leefwijze. In warme landen is de gemiddelde leeftijd voor de geslachtsrijpheid vroeger, in een koud klimaat later dan 15 jaren.

Eveneens schijnt de geestelijke sfeer, waarin het kind verkeert, in dit opzicht niet zonder invloed te zijn. Dat stadskinderen in den regel vroeger rijp zijn dan dorpskinderen, moet daaraan waarschijnlijk worden toegeschreven.

Onderwijl de geslachtsorganen zich gereed maken hun taak te kunnen verrichten, heeft er in het geheele lichaam een groote ommekeer plaats.

Al de vroeger beschreven vormverschillen van vele lichaamsdeelen van man en vrouw komen thans snel te voorschijn; het opgeschoten meisje, met haar onbestemde hoekige lijnen en onevenredige verhoudingen neemt allengs den vrouwelijken lichaamsvorm aan.

Op den geestestoestand oefent deze verandering ongetwijfeld ook invloed uit. Met de zenuwachtige prikkelbaarheid, die in dezen tijd dikwijls voorkomt en soms gepaard gaat met buien van diepe neerslachtigheid, in enkele gevallen zich uitende in groote opgewektheid, vangt de verandering aan, die het kind ook geestelijk tot vrouw stempelt.

Aan de uitwendige geslachtsorganen bespeurt men den overgang, doordat de borstklieren, zooals reeds vroeger werd besproken, in welving en grootte toenemen, de schaamheuvel en de groote schaamlippen door vetafzetting in hun weefsels voller en ronder worden en met haren worden begroeid.

Van de inwendige geslachtsorganen zijn de veranderingen moeilijker waarneembaar. Met de plaats grijpende vergrooting van de baarmoeder gaat de vormverandering van dit orgaan gepaard. Het lichaam van de baarmoeder groeit thans sterker dan de hals en hoewel beide eerst ongeveer even lang waren, is op het tijdstip van geslachtsrijpheid het lichaam het grootst.

In de zich ontwikkelende eierstokken beginnen de Graafsche follikels grooter te worden en op het oogenblik, dat het eerste eitje rijp is en wordt afgescheiden, kan men aannemen, dat de geslachtsrijpheid is ingetreden.

Al de opgesomde veranderingen, benevens de groei van het lichaam, gaan dan nog gedurende eenige jaren voort, ofschoon deze verdere ontwikkeling slechts langzaam plaats grijpt en eerst op ongeveer 20-j. leeftijd voltooid is.

Het rijp worden van het eerste ei gaat in den regel gepaard met het intreden van de eerste menstruatie.

Onder menstruatie verstaat men het periodiek terugkeerend en eenige dagen aanhoudend bloedverlies uit de baarmoeder, dat zijn weg neemt door de scheede. Bij de meeste vrouwen geschiedt dit om de 28 of 30 dagen en duurt 3–5 dagen. Kleine verschillen in den regelmatigen wederkeer of den duur der bloeding zijn niet altijd ziekelijke afwijkingen.

De hoeveelheid bloed, die gedurende die dagen wegvloeit, wisselt af tusschen [33]de 100 en 300 gram. Dit maandelijksch bloedverlies duurt tot den 45- à 48-jarigen leeftijd; het wordt in gezonden toestand alleen onderbroken in tijden van zwangerschap en bij vele vrouwen ook gedurende den zoogtijd. Met het ophouden van de geregelde menstruatie houdt waarschijnlijk ook de verrichting van de eierstokken op en komen daarna geen eieren meer tot rijpheid.

Men heeft nog niet kunnen vaststellen, welk verband er bestaat tusschen het rijp worden der eitjes (ovulatie) en de menstruatie. Vroeger nam men hun onderling verband als vanzelf sprekend aan, hypothesen werden gesteld om dit verband te verklaren en geen moeite gespaard om die verklaring aannemelijk te maken. Tegenwoordig echter hecht men aan die vroegere hypothesen geen waarde meer, sedert feiten werden waargenomen, die er lijnrecht mede in strijd waren. Men weet nu, dat er eitjes kunnen rijp worden, zonder dat er menstruatie intreedt, zooals moet geschieden bij vrouwen, die gedurende het zoogen niet menstrueeren en toch zwanger worden; eveneens weet men, dat er vrouwen zijn, bij wie nog geregeld menstruatie intreedt, nadat de eierstokken door operatie verwijderd zijn. Toch kan men, niet tegenstaande deze feiten, gerust aannemen, dat er eenig verband bestaat tusschen menstruatie en ovulatie, al moeten wij ons dan nog voorloopig met nieuwe hypothesen tevreden stellen, waarvan het eveneens zeer wel mogelijk is, dat zij later zullen blijken onjuist te zijn.

Men wil thans de menstruatie beschouwen als verband houdende met een verhoogde levenskracht, die periodiek bij de vrouwen zou intreden en waarschijnlijk een gevolg zou zijn van de verrichting der eierstokken.

Door verschillende onderzoekers is namelijk gevonden, dat in het vrouwenleven, van het oogenblik af, dat de eierstokken hun functie beginnen tot aan den tijd, dat zij daarmede eindigen, maandelijks een stijging en daling van alle levensverrichtingen valt waar te nemen. Van deze rhytmische golf wordt het hoogste punt bereikt eenige dagen vóór de menstruatie, daarna treedt een zeer snelle daling in, waardoor het laagste punt ongeveer met het einde der menstruatie samenvalt. Na de menstruatie volgt dan opnieuw een regelmatige stijging, totdat na verloop van 2 of 6 dagen de normale hoogte weder bereikt is. In hoever nu dit stijgende en dalende levensproces oorzaak of gevolg der ovulatie en menstruatie is, daarover loopen de meeningen uiteen.

De daling der levensfunctiën gedurende de menstruatie wordt aangenomen, omdat in die dagen de temperatuur van het lichaam lager is dan gewoonlijk, de hartswerking trager, de spierkracht geringer en omdat hoogstwaarschijnlijk ook de stofwisseling minder is. De stijging wordt natuurlijk aangenomen op grond van tegenovergestelde werking. Dat ook het geestelijk leven in die dagen veranderingen ondergaat, daarvan getuigt de afwisselende graad van nerveuse prikkelbaarheid, waaraan de meeste vrouwen dan onderworpen zijn.

De menstruatie gaat gepaard met allerlei onaangename gewaarwordingen, waarvan de voornaamste en meest voorkomende zijn: zwaartegevoel in de beenen, spoedig vermoeid zijn, buikpijn, minder eetlust, hoofdpijn, slaperigheid.

Hoewel het periodiek intreden der bloeding het meest opvallend verschijnsel der menstruatie is, zijn er toch nog andere verschijnselen, die er bijna even constant bij voorkomen. De baarmoeder is in dien tijd gezwollen en hangt lager in [34]de scheede. De slijmafscheiding uit het baarmoederslijmvlies is dan sterker, waardoor het menstruatie-bloed rijkelijk met slijm vermengd wordt. Deze vermeerderde slijmafscheiding, die meestal een paar dagen vóór de menstruatie begint, duurt dikwijls nog eenige dagen na het eindigen daarvan voort.

De borstklieren zijn in die dagen in den regel gezwollen, een zwelling, die bij sommige vrouwen met pijnlijkheid gepaard gaat.

De tijdelijk verminderde kracht der levens-processen maakt de vrouw in de menstruatie-dagen vatbaarder voor nadeelige invloeden, het weerstandsvermogen van haar lichaam is dan geringer, zoodat een schadelijke inwerking gemakkelijker haar doel kan bereiken. Het is voornamelijk om die reden, dat de vrouwen gedurende de menstruatie, meer nog dan anders, zorg moeten dragen voor een hygiënische leefwijze. Doch ook alles wat de bloeding uit den uterus kan bevorderen, moet in die dagen zooveel mogelijk vermeden worden. Daarom alsdan geen balzaal betreden, geen buitengewone voettochten ondernemen, het langdurig staan vermijden, in 't kort, alle buitengewone inspanning achterwege laten.

Zooals reeds is opgemerkt, eindigt de menstruatie gewoonlijk op 45- à 48-j. leeftijd. Zij houdt dan niet plotseling op, maar keert telkens met grooter tusschenpoozen en soms met meer hevigheid terug, totdat zij na 1 of 2 jaar voorgoed wegblijft. Men noemt deze overgangsperiode bij de vrouw den climacterischen leeftijd.

In het climacterium is ook het ophouden van het bloedverlies wel het best waarneembare, doch weder niet het eenige verschijnsel. Dikwijls gaat het gepaard met een verdwijning van vet uit de inwendige geslachtsdeelen en een vermeerderde vetafzetting in de overige organen van het lichaam. De schaamheuvel en de groote schaamlippen worden daardoor slap en rimpelig en de borsten, die door de tegelijkertijd ingetreden schrompeling der klieren toch reeds hun welving verloren hadden, hangen dan soms als slappe huidplooien neder.

De eierstokken staken dan hun werkzaamheid, er worden geen eitjes meer rijp; de ledige ruimten der Graafsche follikels trekken samen, het geheele orgaan schrompelt ineen.

De eileiders vernauwen en verslappen, de uterus wordt belangrijk kleiner, het scheedegedeelte van den uterus verdwijnt zelfs geheel. De scheede wordt nauwer en droger en verliest haar rekbaarheid.

Als gevolg van deze veranderingen lijden de vrouwen in de climacterische jaren dikwijls aan plotseling opkomende congesties, sterk zweeten en allerlei nerveuse aandoeningen. Na eenigen tijd verdwijnen deze verschijnselen.

Zoodra een rijp ei bevrucht is geworden, treedt er voor de geslachtsorganen der vrouw een nieuw ontwikkelingstijdperk in.

Om bevrucht te worden is het noodig, dat het ei met een der zaadcellen (spermatozoën) uit het sperma (het voorttelingsproduct der mannen) in aanraking komt. Bij deze aanraking, de bevruchting, dringt de spermatozoön het ei binnen. In den regel geschiedt dit in den eileider; de mogelijkheid is echter niet buitengesloten, dat de bevruchting soms plaats vindt, wanneer het ei den eierstok nog niet verlaten heeft, of wanneer het ei reeds in het bovenste gedeelte van de baarmoeder aangekomen is. [35]

Uit het sperma, dat in de scheede wordt uitgestort, gaan dus spermatozoën door de baarmoeder in de eileiders, om daar het ei te ontmoeten. Dit geschiedt gemakkelijk, omdat de spermatozoën zich kunnen voortbewegen.

Hoogstwaarschijnlijk is de vrouw gedurende den geslachtsrijpen leeftijd te allen tijde geschikt om bevrucht te worden. In hoever deze geschiktheid te allen tijde door haar als een voorrecht moet worden beschouwd, behoeft hier niet te worden onderzocht.

Is het bevruchte ei in de baarmoeder gekomen, dan zet het zich daar aan den wand vast en in het lichaam der vrouw vangt een opeenvolging van nieuwe veranderingen aan. De vrouw verkeert dan in zwangeren toestand.

De menstruatie blijft weg en keert gedurende de geheele zwangerschap niet terug.

Het slijmvlies van de baarmoeder begint sterk te groeien en omhult het ei geheel; het vormt het buitenste der drie vliezige zakken, waarin de vrucht tot aan de geboorte besloten blijft. *Fig. 11.*

De baarmoeder neemt enorm in omvang en dikte toe, zoowel door de ontwikkeling van nieuwe spiervezels, als door verlenging der bestaande. De spiervezels worden ongeveer elf maal langer en de spierbundels drie tot vijf maal dikker. Ook de bloedvaten worden langer en wijder en nemen in aantal toe. Door deze sterke spierontwikkeling wordt de baarmoeder wijd genoeg om het bevruchte ei te herbergen, tot het zijn volle ontwikkeling heeft bereikt en krachtig genoeg om later de voldragen vrucht uit te drijven. Door de groote uitzetting der bloedvaten kan de bloedtoevoer genoegzaam vermeerderen om ook de voeding van de baarmoeder in dit tijdperk voldoende te doen zijn.

Met de vergrooting der baarmoeder gaat een geheele vormverandering gepaard. Had zij in maagdelijken toestand een peervormige gedaante en geleek haar holte eenigszins op den vorm van een flesch, in zwangeren toestand nadert de vorm van den uterus hoe langer hoe meer, zoowel wat de holte als de uitwendige gedaante betreft, naar een ovaal, waaraan het halsgedeelte van de baarmoeder, dat niet aan de vergrooting deel neemt, is blijven hangen.

Hoe grooter de baarmoeder wordt, des te meer stijgt zij in het groote bekken naar boven en verdringt daarbij al de buikingewanden zijwaarts en naar achteren. Ook het middelrif wordt naar boven geperst en daardoor het hart een weinig gedraaid. Door de naar boven persing van het middelrif wordt de borstkas ondieper, maar de tegelijkertijd plaats vindende uitzetting van de borstkas in de breedte weegt tegen dit ruimteverlies genoegzaam op.

Wegens de zwaarte hangt het lichaam van den uterus voorover en daardoor wordt de uterusmond naar achteren gericht. Ook de scheede vergroot, een vergrooting, die voornamelijk haar lengte en wijdte ten goede komt. De slijmvliesafscheiding is vermeerderd en roomkleurig geworden.

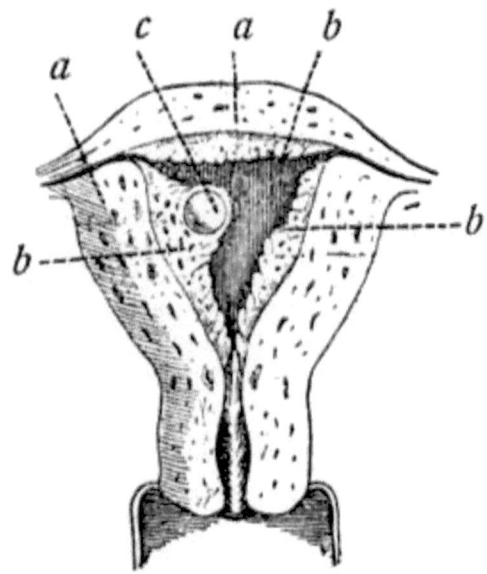

Fig. 11. *Doorsnede van een baarmoeder, waarin een bevrucht ei zich vastgezet heeft.* (SCHROEDER.)

- *a*. baarmoederwand.
- *b*. slijmvlies van de baarmoeder in beginnende ontwikkeling.
- *c*. bevrucht ei.

En ook de uitwendige schaamdeelen doen mede aan den algemeenen groei der geslachtsorganen; de groote en kleine schaamlippen zwellen en worden donkerder van kleur.

De buikbekleedselen moeten natuurlijk aan den druk van den groeienden uterus toegeven en zich uitzetten; het onderhuidsch celweefsel krijgt daarbij steeds fijne inscheuringen, die na afloop der zwangerschap als witte streepjes op den buik zichtbaar blijven.

Dat door den druk van den zwangeren uterus op blaas en endeldarm en op de in de kleine bekkenholte liggende bloedvaten en zenuwen allerlei stoornissen kunnen plaats vinden, valt licht te begrijpen. De meest voorkomende stoornissen zijn: herhaalde drang tot urineeren, moeilijke ontlasting en verstopping, uitzetting der aderen en waterzuchtige beenen, somtijds hevige pijn in een of beide beenen.

De veranderingen, die de borstklieren ondergaan, zijn reeds vroeger besproken.

De zwangerschap (graviditeit) gaat niet alleen gepaard met plaatselijke veranderingen, het heele organisme ondervindt mede haar inwerking.

De hoeveelheid bloed vermeerdert, het wordt meer waterhoudend, daardoor wordt het gehalte aan vaste stoffen betrekkelijk minder. De bloedsomloop is gestoord, er ontstaat dikwijls hartklopping, duizeligheid of congestie naar het hoofd.

Er wordt meer urine afgescheiden, die lichter van kleur is en minder specifiek gewicht bezit dan gewoonlijk.

Het meest is de spijsvertering in de war; er treedt misselijkheid en braking op, zoowel des ochtends in nuchteren toestand als nadat er iets gegeten is. De eetlust kan daarbij normaal blijven, doch er ontstaat ook wel tegenzin in het tot zich nemen van voedsel. Voornamelijk in de eerste zwangerschapsmaanden komen deze verschijnselen voor.

Ook vertoonen zich veelal op verschillende lichaamsdeelen, maar vooral in het gezicht, donkere huidvlekken.

Het zenuwstelsel is almede onder den invloed. Soms openbaart zich dit in hoofd- of kiespijn, ook wel in gezichts- of andere zintuigsstoornissen, of wel in psychische veranderingen: in diepe neerslachtigheid of in buitengewone opgewektheid.

Nog zij vermeld, dat de houding van een zwangere vrouw in de laatste maanden der zwangerschap eenigszins achteroverhellend is, als gevolg van het veranderd zwaartepunt van het lichaam.

Zoolang al de genoemde veranderingen een zekere grens niet overschrijden en niet gepaard gaan met ernstige gevolgen, worden zij niet als ziekelijke afwijkingen beschouwd. Na afloop der bevalling verdwijnen zij meestal spoorloos.

Hoewel de duur der zwangerschap niet met zekerheid is op te geven, omdat men het juiste oogenblik niet kent, waarop het ei is bevrucht geworden, heeft men toch bij benadering het tijdstip gevonden, waarop de zwangerschap eindigt en de geboorte van den nieuwen wereldburger verwacht kan worden. Om dit te bepalen, telt men, van den dag, waarop de laatste menstruatie is ingetreden, 280 dagen of 40 weken verder. Dat in tallooze gevallen deze berekening met enkele dagen faalt, behoeft zeker niet te worden gezegd.

Nadat het bevruchte ei door het slijmvlies van den uterus is omgeven, ontwikkelt het zich langzaam tot een levend kind. [37]

Behalve in den vliezigen zak, door het slijmvlies van de baarmoeder gevormd (membrana decidua), ligt het ei nog in twee andere vliezige omhulsels, het chorion en het amnion, die beide uit het ei zelve gevormd worden. Het chorion deelt zich tegen het einde der 8e zwangerschapsweek in twee deelen, waarvan het eene gedeelte de moederkoek (placenta) vormt.

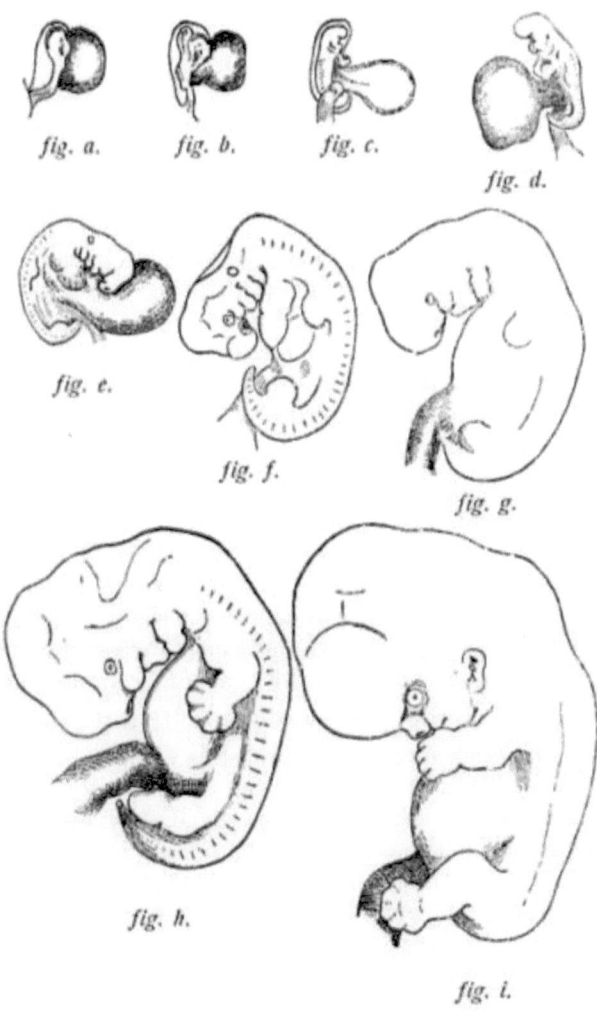

Fig. 12. *De menschelijke vrucht in de eerste acht weken van ontwikkeling* (SCHROEDER).

fig. *a* tot *f* geven de ontwikkelingsstadia weer, tot aan het einde der 4e week. fig. *g* en *h* zijn vruchten uit de 5e en 6e week, fig. *i* is de vrucht van ongeveer 8 weken.

De *moederkoek* is een sponsachtig weeke, platte schijf, die grootendeels uit bloedvaten is opgebouwd. Zij zit aan den wand der baarmoeder vast en is door een lange streng met de vrucht verbonden. Deze streng, de *navelstreng*, is ongeveer een vinger dik en een halven meter lang en bestaat nagenoeg alleen uit bloedvaten.

Door de bloedvaten van placenta en navelstreng stroomt het bloed uit het moederlijk lichaam naar dat van de vrucht. Op zijn tocht door het lichaampje van de vrucht laat het bloed voedende bestanddeelen achter, die het uit het moederlijk lichaam had medegevoerd en neemt onbruikbare stofwisselingsproducten uit het lichaam van de vrucht mede terug. Het wordende kind is dus niet alleen in het moederlijk lichaam gehuisvest, maar wordt tevens door het bloed der moeder gevoed. Moederkoek en navelstreng vormen daartoe den verbindingsweg.

In de holte van den derden of binnensten vliezigen zak, het amnion, ligt de vrucht, door het vruchtwater (liquor amnii) omspoeld. Het *vruchtwater*, dat voor een deel zijn ontstaan dankt aan de urine van de vrucht, beschermt deze tegen den druk of den stoot, waardoor de buik der moeder kan worden getroffen. Tegelijkertijd maakt het de beweging voor het kind gemakkelijker en voorkomt, dat deze bewegingen al te pijnlijk voor de moeder zouden zijn.

Fig. 12 a tot *i* stellen de verschillende ontwikkelingsstadia voor van een menschelijk ei van ongeveer de 2de week tot het einde der 8e week na de bevruchting. Tot zoolang is er nog geen verbeening in de weefsels van de vrucht te constateeren. Daarna begint in de 9e week langzamerhand de vorming der beenderen tot stand te komen en scheiden zich de vingers en teenen. In de 13e tot de 16e week kan men het geslacht van het toekomstige kind reeds bepalen. In de 17e week beginnen de haren op het hoofd en de zachte wollige haartjes van de huid te groeien. De moeder voelt dan reeds de bewegingen van de vrucht.

Een vrucht, op het einde der 24e week ter wereld gebracht, kan reeds de ledematen bewegen en flauw ademhalen. Zij sterft echter zeer spoedig.

In de 26e tot 28e week zijn de oogleden gescheiden en kunnen geopend worden. De huid is dan rood en gerimpeld, het vruchtje nog mager. De mogelijkheid bestaat, dat het dan buiten het moederlijk lichaam in leven kan blijven, maar in den regel gaat het dood.

Vruchten, die op het einde der 32e week geboren worden, kunnen bij zorgvuldige verpleging in het leven blijven, doch de levenskans is gering. De huid ziet nog rood en rimpelig. De nagels op vingers en teenen beginnen reeds te verhoornen.

In de 34e tot 36e week is de vrucht reeds minder mager en de lichaamsvormen daardoor ronder. Onder gunstige omstandigheden blijft het op dit tijdstip geboren kind in leven, alhoewel de sterftekans veel grooter is dan van de voldragen vrucht.

In de 37e tot 40e week verdwijnt langzamerhand het wolhaar van de huid en wordt deze blank; de haren van het hoofd daarentegen groeien.

De vrucht neemt natuurlijk van het begin tot het einde der zwangerschap in lengte en gewicht toe. Op het oogenblik van de geboorte is zij ongeveer een halven meter lang en 3 à 3½ kilogram zwaar.

De ruimte in de baarmoederholte is niet groot genoeg om de vrucht een gemakkelijke houding te verschaffen. Deze is gedwongen zich te behelpen en zoo te [39]gaan liggen, dat zij de kleinst mogelijke ruimte inneemt. Daarom kromt zij den rug sterk naar voren, legt de kin op de borst, trekt de beenen tegen den buik, buigt de knieën, en legt de onderbeenen met de voeten gekruist en met de hielen naar onderen. De bovenarmen worden tegen de borstkas gedrukt, de onderarmen en handen over de borst gekruist. In de ruimte, die tusschen armen en beenen vrij blijft, vindt dan de navelstreng een plaats. *Fig. 13.*

Het hoofdje ligt daarbij meestal naar onderen, de rug naar voren, eenigszins links of rechts en de billen en voeten naar boven gekeerd. Dit is de meest voorkomende ligging van de vrucht op het einde der zwangerschap, doch talrijke afwijkingen doen zich voor.

Gedurig tracht de vrucht haar ongemakkelijke houding te veranderen, een verandering, die bijna altijd gering en snel voorbijgaande is, waardoor dan de kleine, stootende bewegingen veroorzaakt worden, die door de moeder als »het leven van het kind« worden gevoeld.

Op het einde van de 40e week drijft de moeder de vrucht uit de baarmoederholte door het halskanaal van de baarmoeder en door de scheede naar buiten.

De uitdrijving, de baring, komt tot stand door samenwerking van twee verschillende krachten. Deze vinden haar oorsprong in samentrekkingen van den baarmoederwand, die wegens de daardoor veroorzaakte pijn als »weeën« worden aangeduid, en in samentrekkingen van buikspieren en middelrif, die als »buikpers« dienst doen.

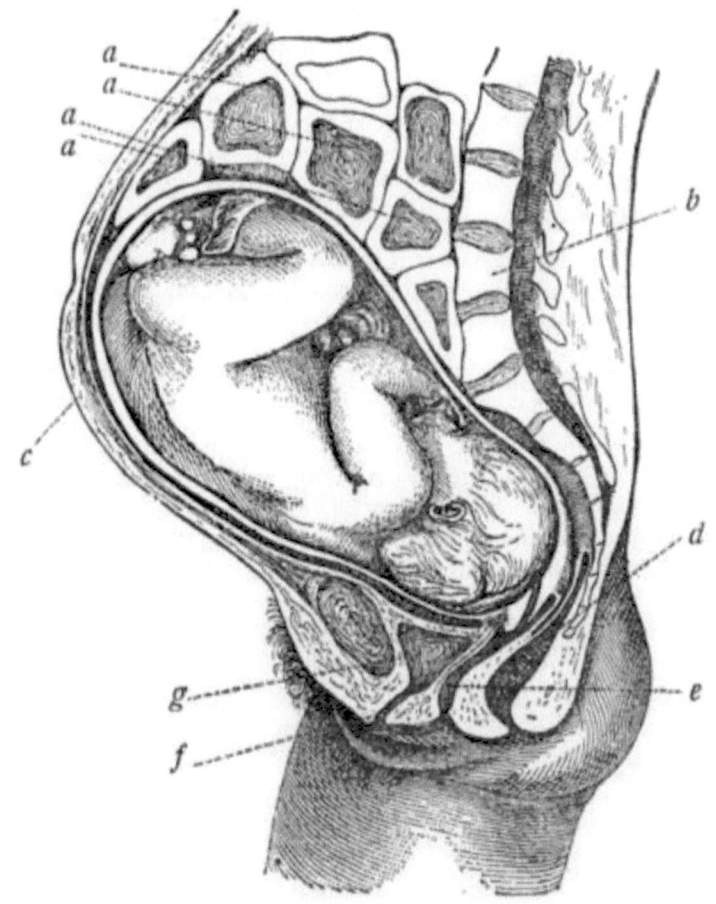

Fig. 13. *Doorsnede van het bekken in de laatste maand van de zwangerschap.* (SCHROEDER).

a. darmen. *b*. wervelkolom. *c*. buikwand. *d*. endeldarm. *e*. scheede. *f*. pisbuis. *g*. pisblaas.

De weeën volgen elkander met korte tusschenpoozen op. Zij zijn in den aanvang zwak en de pijn gering, doch hoe verder de baring vordert, des te krachtiger en pijnlijker worden zij. Dan komt ook de buikpers onwillekeurig in werking en helpt krachtig mede aan de uitdrijving van de vrucht. Eerst komt het hoofd naar [40]buiten, daarna met een paar volgende weeën gewoonlijk het overige gedeelte van het kind.

Na de geboorte wordt de navelstreng met bandjes dichtgebonden en doorgeknipt. Spoedig volgen dan eenige samentrekkingen van de baarmoeder en worden de moederkoek en de eivliezen (de nageboorte) uitgedreven.

Zoodra het kind geboren is, verkondigt het zijn intrede in de wereld door eenige flinke schreeuwen. Met dit schreeuwen vangen tevens de eerste ademhalingsbewegingen aan.

Het eindje navelstreng, dat aan zijn lichaam is blijven hangen, verdroogt spoedig en valt na 4 of 5 dagen af.

Onmiddellijk nadat de nageboorte is uitgedreven, beginnen de geslachtsorganen tot den toestand terug te keeren, waarin zij zich vóór de zwangerschap bevonden. Bij vrouwen, die het kind zoogen, maken de borstklieren hierop een uitzondering. Eerst ongeveer 6 weken na de bevalling is de vroegere toestand, met uitzondering van de hiervoor reeds genoemde blijvende verandering van sommige organen, weder teruggekeerd. [41]

Beschrijving der platen.

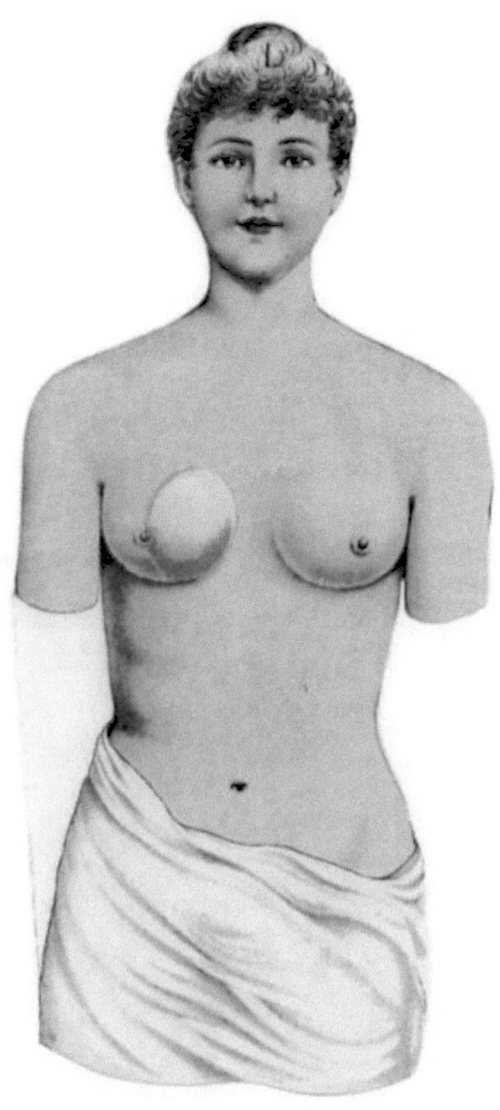

Plaat II. De Spieren.

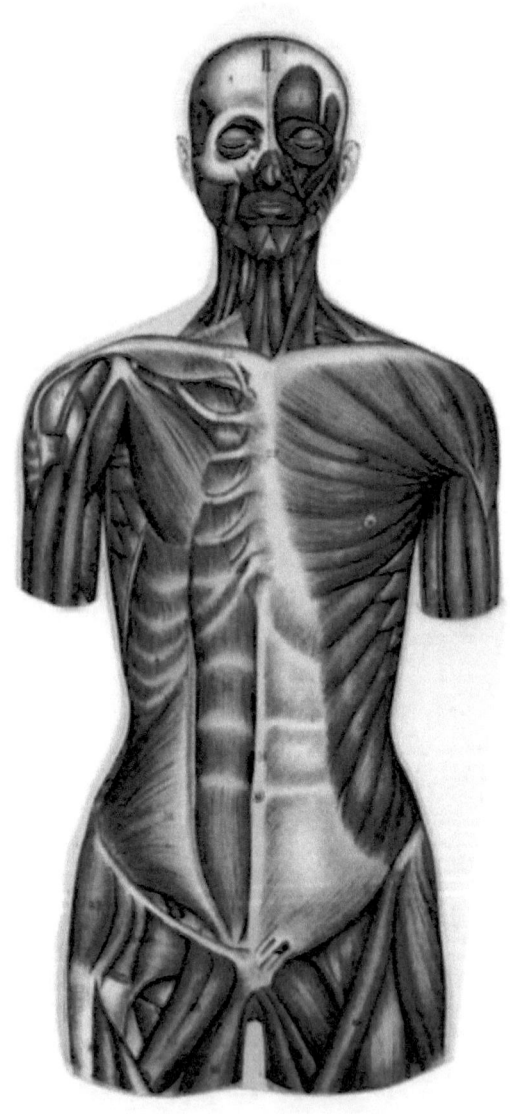

De linker lichaamshelft vertoont de oppervlakkig gelegen spieren; de rechter lichaamshelft geeft een aantal dieper gelegen spieren te zien, die eerst zichtbaar worden, als de daarboven gelegene verwijderd zijn.

- 1. Voorhoofdsbeen. (Os frontis.)
- 2. Peesachtige schedelkap. (Galea aponeurotica cranii.)
- 3. Voorhoofdsspier. (Musculus frontalis.)
- 4. Slaapspier. (Musculus temporalis.)
- 5. Wenkbrauwfronser. (Musculus corrugator supercilii.)
- 6. Sluitspier van het ooglid. (Musculus orbicularis orbitae.)
- 7. Aantrekker van het oor. (Musculus attrahens auriculae.)
- 8. Nederdrukker van den neus. (Musculus depressor alae nasi.)
- 9. Oplichter der bovenlip. (Musc. levator labii sup. proprius.)
- 10. Oplichter van den neusvleugel en bovenlip. (Musc. levator alae nasi et labii superioris.)
- 11. Sluitspier van den mond. (Musculus orbicularis oris.)
- 12. Kauwspier. (Musculus masseter.)
- 13. Wangspier. (Musculus buccinator.)
- 14. Kinspier of opheffer van de kin. (Musculus levator menti.)
- 15. Schuine halsspier. (Musculus sterno-cleido-mastoideus.)
- 16. Schouderblad-tongbeenspier. (Musculus omo-hyoideus.)
- 17. Borstbeen-tongbeenspier. (Musculus sterno-hyoideus.)
- 18. Voorste scheefhoekige halsspier. (Musculus scalenus anticus.)
- 19. Middelste scheefhoekige halsspier. (Musculus scalenus medius.)
- 20. Optrekker van het schouderblad. (Musculus levator scapulae.)
- 21. Monnikskapspier. (Musculus cucularis.)
- 22. Sleutelbeen. (Clavicula.)
- 23. Borstbeen. (Sternum.)
- 24. Bovenarmbeen. (Humerus.)

- 25. Sleutelbeenspier. (Musculus subclavius.)
- 26. Kleine borstspier. (Musculus pectoralis minor.)
- 27. Groote getande spier. (Musc. serratus anticus major.)
- 28. Groote borstspier. (Musculus pectoralis major.)
- 29. Onderschouderbladspier. (Musculus subscapularis.)
- 30. Ravenbeksarmspier. (Musculus coraco-brachialis.)
- 31. Tweehoofdige armspier. (Musculus biceps brachii.)
- 32. Deltaspier. (Musculus deltoideus.)[42]
- 33. Binnenste hoofd van de driehoofdige armspier. (Musculus triceps.)
- 34. Binnenste armspier. (Musculus brachialis internus.)
- 35. Rechte buikspier met peesstrooken. (Musculus rectus abdominis.)
- 36. Witte buiklijn. (Linea alba.)
- 37. Buitenste schuine buikspier. (Musculus obliquus abdominis externus.)
- 38. Binnenste schuine buikspier. (Musculus obliquus abdominis internus.)
- 39. Band van Poupart. (Ligamentum Poupartii.)
- 40. Inwendige opening van het lieskanaal. (Apertura interna canalis inguinalis.)
- 41. Lieskanaal. (Canalis inguinalis.)
- 42. Uitwendige opening van het lieskanaal. (Apertura externa canalis inguinalis.)
- 43. Middelste bilspier. (Musculus glutaeus medius.)
- 44. Het lange hoofd van de vierhoofdige uitstrekspier van het onderbeen (musculus extensor cruris quadriceps); slechts het bovenste gedeelte is zichtbaar.
- 45. Kamspier. (Musculus pectineus.)
- 46. Lange aantrekkende spier van het been. (Musculus adductor magnus.)
- 47. Het buitenste hoofd van de vierhoofdige uitstrekspier van het onderbeen.
- 48. Lange beenspier of kleermakersspier. (Musculus sartorius.)
- 49. Dunne dijspier. (Musculus gracilis.)

Plaat III. De Bloedsomloop.

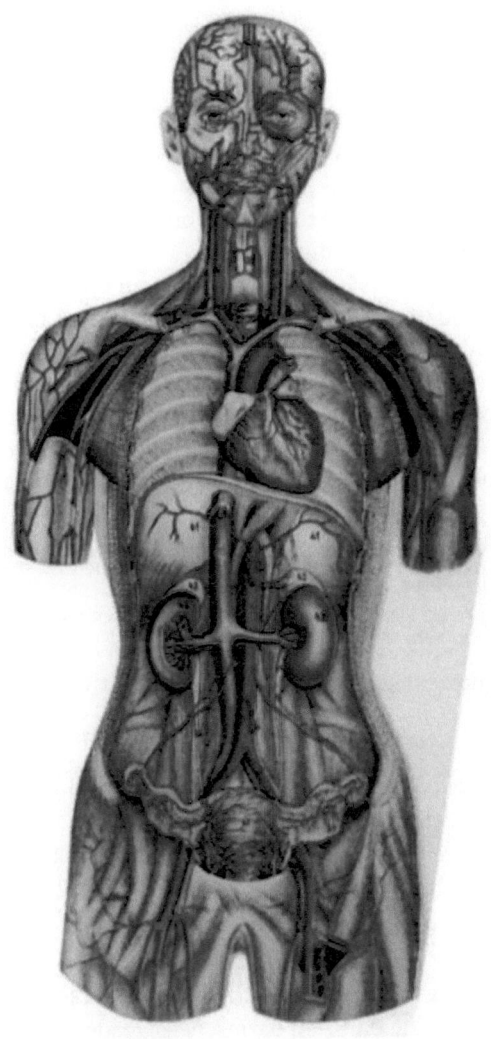

De rood gekleurde bloedvaten zijn de slagaderen (arteriae), de blauw gekleurde de aderen (venae).

- 1. Linker hartkamer. (Ventriculus sinister.)
- 2. Rechter hartkamer. (Ventriculus dexter.)
- 3. Rechter voorkamer met hartoor. (Atrium dexter.)
- 4. Linker hartoor. (Auriculum sinistrum.)
- 5. Opstijgende tak van de groote lichaamsslagader (aorta), die uit de linker hartkamer ontspringt. (Aorta ascendens.)
- 6. Aorta-boog. (Arcus aorta.)
- 7. Neerdalende tak van de aorta. (Aorta descendens.)
- 8. Longslagader (Arteria pulmonalis), die uit de rechter hartkamer ontspringt.
- 9. Bovenste holle ader. (Vena cava superior.)
- 10. Onderste holle ader. (Vena cava inferior.) Beide storten haar bloed in de rechter voorkamer.
- 11. Naamlooze slagader (Arteria anonyma), die uit de aorta voortkomt.
- 12. Gemeenschappelijke halsslagader (Carotis communis); door haar vertakkingen voorziet zij het hoofd van bloed.
- 13. Buitenste kaakslagader. (Arteria maxillaris externa.)
- 14. Oppervlakkige slaapslagader. (Arteria temporalis superficialis.)
- 15. Diepe slaapslagader. (Arteria temporalis profundis.)

De naamlooze slagader levert ook het bloed voor den arm door de:

- 16. Sleutelbeenslagader. (Arteria subclavia.)
- 17. Okselslagader (Arteria axillaris), en:
- 18. Bovenarmslagaderen. (Arteriae brachialis.)

Uit het buikgedeelte der aorta komen de:

- 19. Korte buikslagaderen. (Arteria coeliacae) (afgesneden.)
- 20. Bovenste darm- of darmscheilslagader. (Arteria mesenterica superior.) (eveneens afgesneden).
- 21. Nierslagader. (Arteria renalis.)

- 22. Onderste darm- of darmscheilslagader. (Arteria mesenterica inferior) (afgesneden).
- 23. Linker binnenste zaadslagader (Arteria spermatica interna); de rechter ontspringt meestal uit de nierslagader.

De binnenste zaadslagaderen voorzien de geslachtsorganen van bloed.

Door de vorkvormige verdeeling der aorta in de twee:

- 24. Gemeenschappelijke bekkenslagaderen (Arteriae iliacae communes) worden de beenen van bloed voorzien. Voor dit doel geven zij af de:
- 25. Dijslagader (Arteria cruralis) en haar in de diepte gaanden tak, de:
- 26. Diepe dijslagader. (Arteria profunda femoris.)

De bovenste holle ader stort het veneuze bloed uit het bovenste gedeelte van het lichaam in de rechter voorkamer. Zij ontstaat door vereeniging van de beide:

- 27. Naamlooze aderen. (Venae innominatae.)

Deze ontvangen het veneuze bloed uit den arm door de:

- 28. Sleutelbeenader (Vena subclavia) en de:
- 29 en 30. Huidaderen van den arm (Venae subcutaneae brachii) en uit het hoofd door de:
- 31. Inwendige strotader. (Vena jugularis interna.)
- 32. Uitwendige strotader. (Vena jugularis externa.)

De onderste holle ader stort eveneens haar bloed in de rechter voorkamer. Zij ontvangt dit uit de aderen van het onderste gedeelte van het lichaam.

Haar takken zijn:

- 33. Leveraderen. (Venae hepaticae.)

- 34. Nierader. (Vena renalis.)
- 35. Inwendige zaadader. (Vena spermatica int.)
- 36. Gemeenschappelijke bekkenader. (Vena iliaca communis.)
- 37. Dijader. (Vena cruralis).

Plaat IV. Het zenuwstelsel.

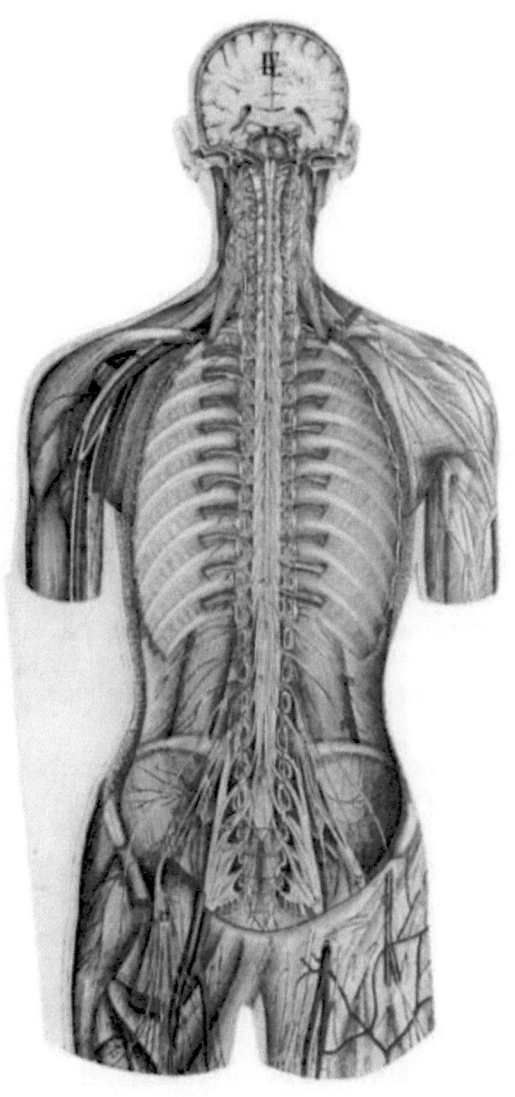

Een doorsnede van het hoofd en de wervelkolom geeft ten deele een overzicht van hersenen en ruggemerg, terwijl de armen en beenen zoodanig zijn afgesneden, dat men den aanvang der voor hen bestemde zenuwen kan overzien. [44]

- 1. Groote hersenen. (Cerebrum.)
- 2. Brug van Varol (Pons Varolii), die de beide kleine hersenhalfronden verbindt.
- 3. Verlengde merg. (Medulla oblongata.)
- 4. Halsgedeelte van het ruggemerg. (Medulla spinalis.)
- 5. Borstgedeelte van het ruggemerg.
- 6. Mergkegel. (Conus.)
- 7. Lendengedeelte van het ruggemerg.
- 8. Paardestaart (Cauda equina.)

Uit de hersenen ontspringen 12 paar hersenzenuwen, waarvan evenwel op deze plaat slechts de oorsprong te zien is van de:

- 9. Buitenste oogspierzenuw. (Nervus oculomotorius.)
- 10. Drielingszenuw. (Nervus trigeminus.)
- 11. Aangezichtszenuw en gehoorzenuw. (Nervus facialis et acusticus.)
- 12. Tong- en keelzenuw. (Nervus glosso-pharyngeus.)

Uit het ruggemerg ontspringen 31 paar ruggemergszenuwen. De voorste takken van de 4 onderste halszenuwen vormen de:

- 13. Halszenuwvlecht. (Plexus cervicalis.)

De voorste takken van de 4 onderste halszenuwen vormen de:

- 14. Armenzenuwvlecht. (Plexis brachialis), welke op de plaat zichtbare takken naar den arm zendt.
- 15. Huidzenuwen van den arm. (Nervi cutanei brachii.)
- 16. Middelarmzenuw. (Nervus medianus.)
- 17. Elleboogzenuw. (Nervus ulnaris.)

- 18. Spier-huidzenuw. (Nervus musculo-cutaneus). Verder kan men nog het begin zien van de:
- 19. Achtste halszenuw. (Nervus cervicalis.)
- 20. Eerste borstzenuw. (Nervus thoracicus.)
- 21. Twaalfde borstzenuw. (Nervus thoracicus.)
- 22. Eerste lendenzenuw. (Nervus lumbalis.)
- 23. Heup-bekkenzenuw. (Nervus ilio-hypogastricus.)
- 24. Heup-lieszenuw. (Nervus ilio-inguinalis.)
- 25. Huidzenuw van het bovenbeen. (Nervus cutaneus femoris.)
- 26. Heupkomzenuw. (Nervus obturatorius.)
- 27. Dijzenuw. (Nervus cruralis.)
- 28. Schaambeenzenuw. (Nervus genito-cruralis.)
- 29. Eerste heiligbeenzenuw. (Nervus sacralis.)
- 30. Verbindingsstreng van den sympathicus. (Nervus sympathicus.)
- 31. Heupzenuw. (Nervus ischiadicus.)

Plaat V. Het Geraamte (gedeeltelijk) en de inhoud van borst- en buikholte.

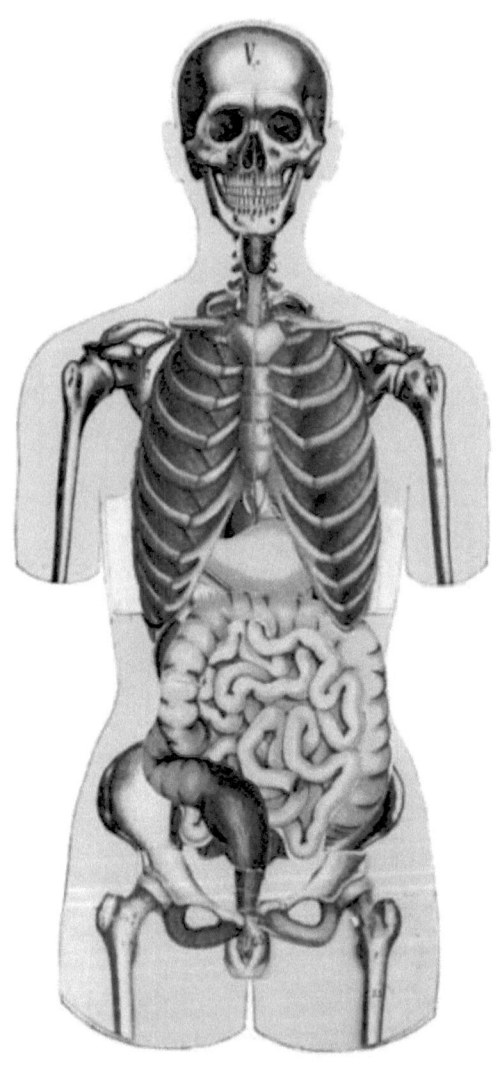

Van de schedelbeenderen ziet men slechts:

- 1. Voorhoofdsbeen. (Os frontis.)
- 2. Kruin- of wandbeen. (Os parietale.)
- 3. Slaapbeen. (Os temporum.)
- 4. Jukbeen. (Os zygomaticum.)
- 5. Bovenkaakbeen. (Os maxillare superius.)
- 6. Onderkaak. (Mandibula.)
- Verder ziet men:
- 7. Zevende halswervel. (Vertebra prominens.)
- 8. Eerste borstwervel. (Vertebra thoracicus.)
- 9. Twaalfde borstwervel. (Vertebra thoracicus.)
- 10. Vijfde lendenwervel. (Vertebra lumbalis.)
- 11. Kruis- of heiligbeen. (Os sacrum.)
- 12. Stuitbeen. (Os coccygis.)
- 13. Sleutelbeen. (Clavicula.)
- 14. Borstbeen. (Sternum.)
- 15. Eerste rib, (Costa.)
- 16. Twaalfde rib, (Costa.)
- 17. Schouderblad. (Scapula.)
- 18. Bovenarmbeen. (Humerus.)
- 19. Voorgebergte. (Promontorium.)

Het heupbeen (Os innominatum), dat in verbinding met het heiligbeen en stuitbeen het eigenlijke bekken vormt, is samengesteld uit:

- 20. Darmbeen (Os ilei.)
- 21. Schaambeen. (Os pubis.)
- 22. Zitbeen. (Os ischii.)
- No. 23 toont het Dij- of bovenschenkelbeen (Femur) aan.

De Ingewanden.

- 24. Strottenhoofd. (Larynx.)
- 25. Luchtpijp. (Trachea.)
- 26. Luchtpijpstakken. (Bronchi.)
- 27. Rechter en linker long. (Pulmones dexter et sinister.)

- 28. Hart. (Cor.)
- 29. Linker hartkamer van binnen.
- 30. Rechter hartkamer van binnen. Gedeeltelijk ziet men in beide hartkamers de uitgespreide hartkleppen. (Valvulae.)
- 31. Rechter voorkamer van het hart.
- 32. Linker hartoor.
- 33. Groote lichaamsslagader. (Aorta.)
- 34. Longslagader.
- 35. Bovenste holle ader.
- 36. Linker voorkamer van het hart.[46]
- 37. Onderste holle ader.
- 38. Keelholte. (Pharynx.)
- 39. Slokdarm. (Oesophagus.)
- 40. Maag. (Ventriculus.)
- 41. Milt. (Lien.)
- 42. Alvleeschklier. (Pankreas.)
- 43. Twaalfvingerige darm. (Intestinum duodenum) (gedeeltelijk geopend.)
- 44. Dunne darm (nuchtere darm en kronkeldarm.) (Intestinum jejunum et ileum.)
- 45. Blinde darm (Intestinum coccum) met het wormsgewijze verlengsel. (Processus vermicularis.)
- 46. Karteldarm. (Colon.)
- 47. Aars- of endeldarm. (Intestinum rectum.)
- 48. Lever. (Hepar.)
- 49. Galblaas. (Cystis fellea.)
- 50. Middelrif. (Diaphragma.)
- 51. Nier. (Ren.)
- 52. Nierbekken. (Pelvis renalis.)
- 53. Pisleider. (Ureter.)
- 54. Pisblaas. (Vesica urinaria.)
- 55. Uitwendige geslachtsorganen. (Genitalia.)
- 56. Scheede. (Vagina.)
- 57. Baarmoedermond. (Orificium uterinum.)
- 58. Baarmoeder. (Uterus.)
- 59. Eierstok. (Ovarium) (rechter is geopend.)

- 60. Eileider. (Oviductus of Tuba Fallopiana.)
- 61. Breede baarmoederband. (Ligamentum latum.)
- 62. Ronde baarmoederband. (Ligamentum rotundum.)
- 63. Op plaat 1 vinden wij de opengelegde borstklier (Mamma), die eveneens tot de geslachtsorganen behoort.
- 64. Groote lendenspier. (Musculus psoas major.)

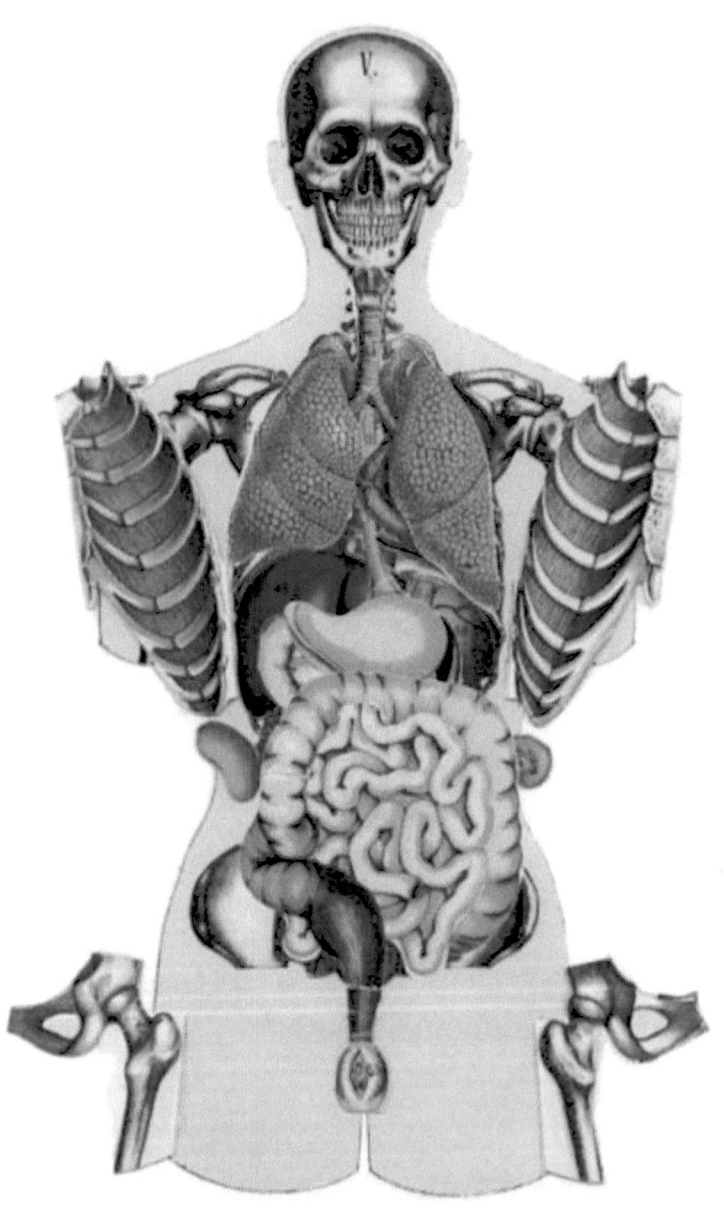

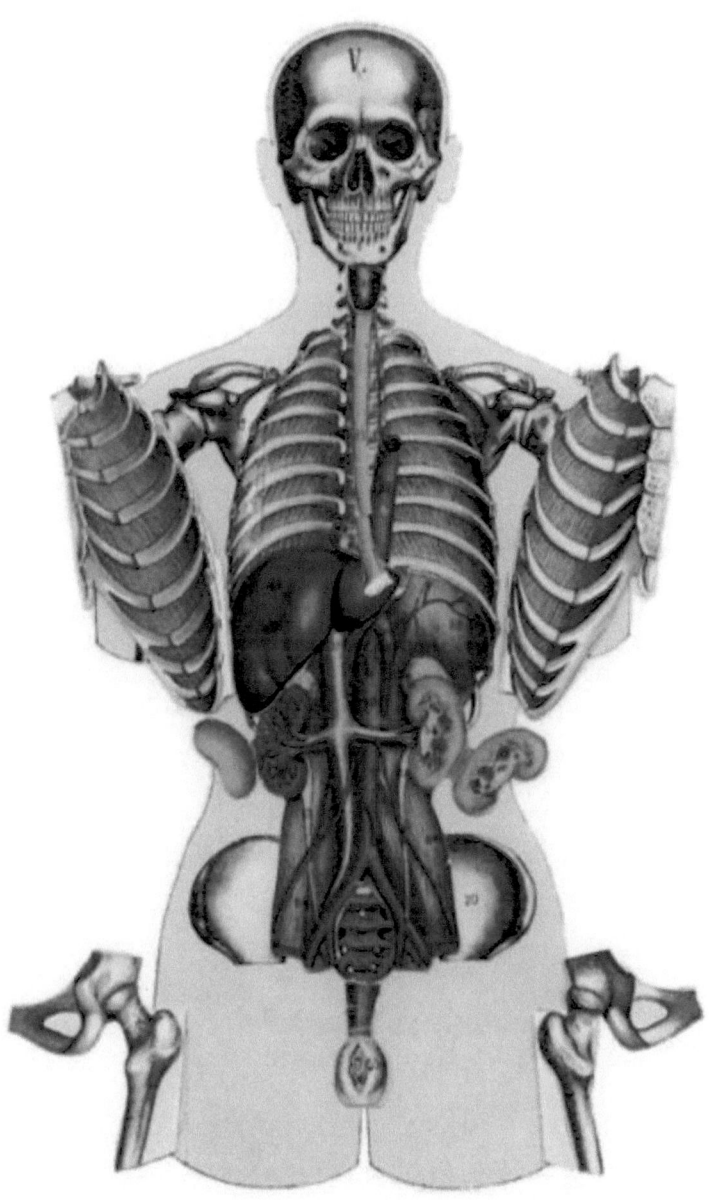

Inhoud.

- Voorwoord
- Inleiding
- Eerste afdeeling.
    - Huid
    - Geraamte
    - Spieren
    - Bloedsomloop
    - Zenuwstelsel
    - Spijsverteringsorganen
    - Ademhalingsorganen
    - Pisorganen
- Tweede afdeeling.
    - Geslachtsorganen
- Beschrijving der platen

Bij den Uitgever dezes zijn mede verschenen en in elken soliden Boekhandel te bekomen:

Anatomische Atlas van het Paard en de Koe, met 10 gekleurde, beweegbare Platen en Verklaring. Prijs f 0.90.

Dr. D.J. BLOK, Het Menschelijk Oog. Bouw, Verrichting en Verzorging. Met beweegbare, gekleurde platen en figuren tusschen den verklarenden tekst. Prijs f 1.75.

A. TEN BOSCH N.Jzn., Booglampen en Booglampverlichting, met 2 beweegbare Modellen. Prijs f 2.-.

— —De Zuiggasgenerator, met 41 Illustraties en een gekleurd uitslaand Model. Prijs f 2.50.

W. COOL, Luchtschip en Vliegmachine, met 2 uitslaanbare Modellen. Prijs f 3.-.

E. HEIMANS, De Honingbij. Een schets uit het Bijenleven, met figuren en 2 beweegbare Modellen. (Koningin en Dar). Prijs f 1.50.

— —Het Lichaam van den Visch, met uitvoerige, geïllustreerde Determineerlijst van onze voornaamste Zoetwatervisschen en een gekleurd, uitslaand Model van een Karper. Prijs f 0.90.

F. A. HOLLEMAN Jr., Electriciteitsmeters en Stroomleveringstarieven, met beweegbaar Model. Prijs f 1.75.

Dr. J. L. HOORWEG, *a*. De Gas- en Petroleum-motoren. Beknopte uiteenzetting van de inrichting en werking dezer motoren. Aanschouwelijk voorgesteld door een beweegbaar Model en opgehelderd door vele illustraties tusschen den verklarenden tekst. Prijs f 2.-.

— —*b*. Beknopte uiteenzetting van de inrichting en werking van den Petroleum-motor van Diesel. Aanschouwelijk voorgesteld door een groot beweegbaar Model. Prijs f 1.50. *a* en *b* samen f 3.25.

F. KERDIJK, De Stoomturbine, met 41 afbeeldingen in den tekst en een gekleurd uitslaand Model. Prijs f 2.25.

Dr. J. KONING, De Telephoon, afgebeeld en verklaard. Met een beweegbaar Model in 8 gekleurde platen en ophelderende figuren in den tekst. Prijs ƒ 1.25.

C. KREDIET en G. DE VOOGT, Model eener liggende Stoommachine. Geschiedkundig overzicht en verklarenden tekst, met 8 gekleurde, beweegbare platen en vele illustraties. Prijs ƒ 1.50.

H. M. KROON, De Koe, haar lichaamsbouw en hare inwendige organen, met 5 beweegbare, gekleurde platen en geïllustr., verklarenden tekst en vele *Rasafbeeldingen*. Prijs ƒ 1.50.

De Koe, in half levensgroote, beweegbare platen, aanschouwelijk uit- en inwendig voorgesteld. Prijs met Handleiding ƒ 15.–.

— —Het Varken, zijn lichaamsbouw en zijn inwendige organen, met 5 beweegbare, gekleurde platen, *Rasafbeeldingen* en geïllustreerden, verklarenden tekst. Prijs ƒ 1.25.

QUADEKKER, Het Paard, zijn lichaamsbouw en zijne inwendige organen, met 5 beweegbare, gekleurde platen en geïllustreerden, verklarenden tekst. Prijs ƒ 1.50.

Het Paard, in half levensgroote, beweegbare platen, aanschouwelijk uit- en inwendig voorgesteld. Prijs met Handleiding ƒ 15.–.

Dr. H. SCHMIDT, Het Menschelijk Lichaam, zijn bouw en zijne inwendige organen, aanschouwelijk voorgesteld door 5 beweegbare, gekleurde platen en met geïllustreerden, verklarenden tekst. Prijs ƒ 1.25.

Het Menschelijk Lichaam, in levensgroote, beweegbare platen, aanschouwelijk uit- en inwendig voorgesteld. Prijs met Handleiding ƒ 15.–.

W. S. STÜVEN, De Hond, zijn lichaamsbouw en zijn inwendige organen, aanschouwelijk voorgesteld door 5 beweegbare, gekleurde platen en met 55 *Rasafbeeldingen* tusschen den verklarenden tekst. Prijs ƒ 1.50.

A. VOSMAER, Stoomverdeeling door Schuiven, Kranen en Kleppen, met beweegbaar Model. Prijs ƒ 2.50.

* G. J. VAN DE WELL, De Accumulator. Aanschouwelijk in- en uitwendig voorgesteld door beweegbare, gekleurde platen en met geïllustreerden, verklarenden tekst. Prijs ƒ 1.50.

* — — De Dynamo. Aanschouwelijk uit- en inwendig voorgesteld door beweegbare, gekleurde platen en met geïllustreerden, verklarenden tekst. Prijs ƒ 2.50.

* — — De Elektromotor, voor gelijk-, wissel- en draaistroom. Aanschouwelijk uit- en inwendig voorgesteld door beweegbare, gekleurde platen en met geïll. verklarenden tekst. Prijs ƒ 2.50.

* Deze drie te zamen genomen ƒ 5.50.

Hoogst Belangrijk! :: Alles Beweegbaar! :: Natuurgetrouw!

Verbeteringen

De volgende verbeteringen zijn aangebracht in de tekst:

Bron	Verbetering
[*Niet in bron*]	.
[*Niet in bron*]	.
[*Niet in bron*]	.
[*Niet in bron*]	,
[*Niet in bron*]	)
[*Niet in bron*]	.
[*Niet in bron*]	,
[*Niet in bron*]	.
[*Niet in bron*]	,
,	a
lympvaten	lymphvaten
leiddraden	leidraden
rekende	gerekend
[*Niet in bron*]	,
Heiztmann	Heitzmann
.	[*Verwijderd*]
[*Niet in bron*]	,
[*Niet in bron*]	.
wervelkom	wervelkolom
Monnikkapspier	Monnikskapspier
[*Niet in bron*]	(Costa.)

www.ingramcontent.com/pod-product-compliance
Ingram Content Group UK Ltd.
Pitfield, Milton Keynes, MK11 3LW, UK
UKHW040017070526
12295UKWH00024B/106